내 인생 내 어깨에 짊어지고

이경자 지음

들어가는 말

용기를 내 소박이 담은 추억

지난해부터 오디오북은 내게 좋은 친구가 되었다. 그러던 중 올해 4월 어느 날 존경하는 박인기 교수님께 전화가 걸려 왔다. 도서관에서 시작하는 '기억의 부활 존재의 증명'이란 체험 서사 글쓰기 프로그램이 교수님 지도로 이루어진다고 하신다. 그러면서 나에게 참여할 것을 당부하셨다. 나는 눈이 번쩍 뜨였다.

이 글들을 쓰면서 나는 내가 살아오며 기억하고 있던 것들을 바로잡은 것도 있고, 막연했던 기억에서 새로운 의미를 발견한 것도 있다. 그리고 그 모두가 내가 살아 온 생에 대한 조용한 감사의 마음으로 이어졌다. 글쓰기가 없었으면 누리지 못할 가치였다고 느낀다.

어릴 적 우리 집은 꽃으로 둘러싸인 꽃 대궐 같았다. 나는 아버지께서 꽃을 좋아하셔서 그렇게 만드신 줄로 알았다. 그런데 어머니가 꽃을 좋아하셨다고 한다. 내가 이렇게 살아온 이야기를 쓴다고 하고, 쓴 글의 초고를 둘째 오빠에게 보여 주니 오빠가 내 기억을 고쳐주었다.

글을 쓰는 동안 나의 기억들이 몇 번씩 꿈틀거린다. 동네 사람들이 내 집처럼 드나드는 사랑방에는 오고 갈 데가 없는 사람들이 집이 없어 며칠을 머물다 가던 기억이 살아난다. 길을 잃은 사람, 시끌벅적한 약장수 등이 우리 집 사랑채의 기억으로 꼬리를 문다. 나의 글쓰기는 어린 날의 우리 집 기억을 떠올림으로써 나의 옛날을 부활하게 하였다. 아버지의 사랑방 이야기가 이 책을 쓰는 첫 디딤돌이 되었다.

이 책은 지금까지 녹록하지 않았던 나의 삶을 긍정의 길로 바꾸어 가는 과정에서 만난 소중한 인연들을 기록한 것이다. 책을 쓰면서 떠오르는 자신의 모습은 모두 아름다운 이야기가 아닐 수 있다. 그러나 글을 쓰면서 생각해 보면 그것도 감사하다. 좀 더 자신감 넘치게 살았으면 하는 생각도 든다. 기억을 더듬다 보니 더 용기 있게 더 잘했으면 하는 생각이 드는 것도 많다. 내가 운영해 온 '봇또랑 추어탕' 전문점과 관련한 수많은 이야기 등을 소복이 담은 것은 내게는 참으로 소중하다.

글쓰기에 먼저 손을 내밀어 주시고 칭찬과 격려를 아끼지 않으신 박인기 지도교수님은 나의 '학교 밖 선생님'이기도 하다. 몇 년 전부터 나를 친절하게 맞아주신 시립 도서관 이순영 관장님, 기억의 부활팀, 글쓰기에 앞장서주신 최영란 선생님, 그리고 이끌어 주신 동료 여러 선생님께 감사드린다.

어려운 출판 사정에도 이 책을 세상에 내어 주신 도서출판 '소락원'에도 감사를 느낀다. 이 책과 더불어 풍성한 결실을 남길 올 한해를 영원히 잊지 못할 것 같다. 앞으로 글쓰기는 내 좋은 친구가 될 것이다.

2024년 마지막 달 이경자

CONTENTS

1. 유년으로 흐르는 강

내 별명은 지남철

가을걷이가 끝나고 나락뒤주(벼를 담아두던 나무로 된 큰 통)를 마당에 지어 놓았다. 우리 앞집 자동댁 할머니 집으로 엄마는 요즘 매일 저녁 밤마실을 가신다. 나는 저녁을 먹기 전부터 엄마를 따라간다는 생각으로 준비한다. 엄마가 저녁 먹은 뒷설거지를 하는 동안 나는 미리 마당으로 나와 나락뒤주 뒤에 숨어서 엄마가 마당으로 나오시기만 기다렸다.

엄마는 내가 방에 없는 걸 벌써 눈치채었을지도 모른다. 엄마가 삽짝 밖을 나가시면 나는 쥐 잡는 고양이처럼 엄마 몰래 살금살금 뒤를 따라 나간다. 엄마의 치마꼬리를 잡으러 간다. 그날도 할머니 집 마당까지 엄마 뒤를 살금살금 따랐다. 엄마는 뒤돌아보시고 나에게 "방에 들어가면 가만히 앉아있어라" 하고는 엄마가 먼저 할머니 방앞에서 헛기침을 두 번 하였다. 방 안에 있는 사람들에게 '내가 들어도 놀라지 마세요' 하는 신호를 먼저 보내고 방으로 들어가신다.

나는 엄마 치마꼬리를 잡고 뒤를 따라 들어갔다. 먼저 방에 들어온 동네 사람 가운데 한 사람이 "아동댁, 또 지남철 달고 왔네"라고 하였다. 엄마는 나 때문에 부끄러우셨겠다 싶은 생각이 든다. 나도 따라갈 때마다 그 지남철 같다는 소리가 듣기 싫으면서도 저녁만 먹고 나면 밤마실 갈 엄마의 치마꼬리를 잡는다.

할머니는 담배 방에서 담배를 꺼내 와서 담배를 파신다. 그래서 나는 낮에는 조용한 할머니 집에 혼자 가서 논다. 할머니는 귀찮아하지 않으시고 먹을 것이 있으면 내어 주기도 하고 나를 귀여워해 주신다. 생각해 보면 그런 기억이 많다. 할머니는 동네에 친척은 있어도 자식은 없었다. 할아버지도 나는 보지 못하였다.

가을 겨울 동안 밤에 할머니 방에서 동네 사람들이 모여 놀면서 대개는 민화투를 쳤다. 그러다 입이 심심하면 무를 깎아 먹기도 한다. 할머니는 입안에 치아가 하나도 없었다. 그래서 할머니는 무를 얇은 숟가락으로 긁어 파내서 드셨다. 어린 내 눈에는 치아가 없는 할머니가 합죽이처럼 입이 되어 합죽합죽 무를 씹는 모습이 신기하게 보였다. 늦가을 밤에 이렇게 놀다가 먹는 무는 어린 나에게도 먹을 만하였다.

나는 엄마들 화투 치는 것을 옆에서 구경하다가 잠이 드는 때가 많다. 엄마가 업고 집으로 돌아올 때도 있지만, 깊은 잠이 들면 그냥 자고 아침에 할머니와 같이 집으로 온다. 그런

날은 할머니도 우리 집에서 아침밥을 같이 드셨다. 내 어릴 때 '지남철' 별명은 엄마를 바짝 붙어서 따라다닌다고 해서 얻은 별명이다. 엄마 따라 졸졸 붙어 다닌 내가 엄마는 얼마나 귀찮았을까. 지금 생각해 보면 지남철처럼 엄마에게 많이도 붙어 다녔다.

초등학교 3학년 늦은 봄인가 싶다. 봄나물 뜯을 때였다. 동네 가까이에 있는 야산으로 가서 나물을 캐었다. 바쁜 봄 농사가 끝나면 멀리 큰 산으로 깊이 들어간다. 엄마는 동네 사람들 몇몇과 나물을 뜯으러 큰 산으로 간다고 하셨다. 그날도 나는 나물 하러 먼 산 가시는 엄마 뒤를 겁도 없이 몰래 따라나섰다. 양산지 모퉁이를 돌아서 갈 때, 엄마에게 내가 뒤따라가는 걸 들켰다. 엄마는 "아이구야! 저기, 저 산이 어디라고 따라갈라고 하노" 하니 함께 가던 일행이 발걸음을 멈추고 모두가 뒤를 돌아보았다. 엄마는 동네 사람들과 함께 가는데 이러지도 저러지도 못하고 나를 데리고 간다.

큰 산으로 나물 하러 가는 날은 아침 일찍 서둘러 간다. 오고 가는 시간이 나물 하는 시간보다 더 걸린다. 큰 산에 자라는 나물은 큰 나무 그늘에서 자라 부드러워 이른 여름이 되어도 나물을 뜯는다. 큰 산에서만 나는 참나물은 나물 가까이 가면 향기가 난다. 삿갓을 닮은 삿갓나물도 있고, 고사리 맛이 나는 '쾌침이'도 있다.

큰 산의 자락에 들어서기 전 내 친구 우선희가 사는 집을 지난다. 산 아래서 쳐다보면 보이는 집이다. 동네 사람들과 산으로 들어서면서 어린 내 눈에도 미역취, 취나물 등이 눈에 보였다. 나는 거기서 뜯어도 얼마든지 뜯겠다 싶은데, 어른들은 우거진 숲속으로 자꾸만 들어가신다. 나는 엄마 옆에 붙어 다닌다고 하여도 잠시 고개를 돌리면 엄마가 보이지를 않는다. 나는 "엄마"하고 부르며, 엄마를 겨우 찾아서 악착같이 엄마를 뒤따라 붙는다.

점심때가 되어서 좋은 곳을 찾았다. 크고 깊은 산골짜기 바위틈에서 물이 아래로 떨어지는 곳으로, 소리만 들어도 시원한 곳이다. 여기가 점심을 먹을 장소였다. 우리가 앉은 뒤로는 바위가 병풍처럼 둘러서 있고, 맞은편 산에는 안개구름이 산의 허리를 감아서 돌고 있었다.

멀리 산 능선 너머에서 "도분아, 도분아"하고 부르는 소리가 애절하게 들린다. 도분이는 내가 아는 언니의 이름이다. 그 애절한 소리는 메아리로 받아쳐 울린다. 그날 애절하게 "도분아"를 부르던 도분 엄마의 목소리가 50년이 지난 오늘도 내 귀에 들리는 듯하다. 도분 언니 집은 지금 덕동댐 안에 있는 명실마을인데, 그 마을에서 이곳 면 산까지 나물 하러 와서 같이 온 딸을 놓쳐서 애타게 부르는 소리였다. 며칠 후에 도분 언니를 찾았다는 소리를 들었다. 잠시 밥을 먹으며 보고 들은 풍경은 중국 무림 영화를 연상시켰다.

우리 동네에서 살림살이가 어려웠던 차용이 작은엄마의 밥반찬은 작은 된장 한 덩어리이었다. 작은 천 조각에 된장 한 덩어리를 가져왔다. 나는 그날 그 장소의 풍경이 눈에 선하다. 차용이 작은엄마는 그날 뜯은 나물을 씻어서 된장 덩어리와 먹었다. 그렇게 점심을 때웠다. 우리 엄마 반찬은 남방잎을 고추장에 넣은 남방잎지와 마른 멸치였다. 나는 그날 이후 그때를 생각하며 된장 덩어리를 반찬으로 먹어 보기도 하고, 살아온 옛날의 가난 이야기를 하는 자리에서 차용이 작은엄마의 이야기를 떠올리기도 한다. 엄마 따라 큰 산으로 나물 하러 간 기억이 잊히지 않는다.

초등학교 3학년 때로 기억이 된다. 추석을 앞두고 엄마는 언제 준비한 옷인지 새 옷을 꺼내 놓으셨다. 상상도 못 할 예쁜 옷이다. 그 옷은 우리 동네 친구들이 입는 옷과는 비교도 안 되는 예쁜 옷이었다. 옷은 이러했다. 민소매 원피스인데, 가슴 위에는 내가 좋아하는 패랭이꽃 줄기가 잎과 함께 수놓아져 있었다. 가슴선 아래로 짧은 잔주름 치마는 밝은 하늘색 원피스다. 원피스만 입어도 예뻤다. 원피스 위에 또 하나의 재킷이 있었다. 재킷의 색은 연분홍이었다. 재킷 양쪽 가슴에는 노란 해바라기가 웃음 많은 나처럼 활짝 웃고 있는, 그런 옷이다. 빨리 추석이 되어서 엄마가 사 준 옷을 입고 싶었다.

아마도 엄마는 큰마음 먹고 내게 추석 선물로 예쁜 옷을 사 주셨을 것이다. 그다음 해 여름방학에도 엄마는 하얀 물방울의 무늬로 된 원피스 옷을 사 주셨다. 물방울 점들이 내 눈에는 진주 구슬을 뿌려놓은 듯 보였다. 내 몸에 딱 맞았다. 새로 산 원피스를 나에게 입혀서 나를 외갓집으로 데려갔다. 엄마는 어디를 가실 때는 막내인 나를 많이 데리고 나가셨다.

엄마는 나를 낳는 것을 끝으로, 이제는 아기를 마자(마지막, 끝 등의 뜻으로 쓰이는 경상도 방언) 낳았으면 하는 바람으로 나에게 '마자'라는 별명을 지어 불렀다고 하셨다. 그러나 나는 나를 '마자'라는 별명으로 부르던 것을 기억하지 못한다. 엄마를 귀찮게 따라붙어서 얻은 별명, 그래서 내가 얻은 별명 '지남철'만 기억에 남아있다.

옛날에 꽃동산 그 집에

옛날 내가 어릴 적 살던 우리 집은 꽃동산이다. 봄이 오면 집 마당 곳곳에 꽃이 핀다. 삽짝문 옆에 커다랗게 서 있는 살구나무에는 연분홍 살구꽃이 핀다. 방앗간 옆 고목이 되어 서 있는 고욤나무에도 꽃이 핀다. 설거지한 물 버리는 곳 옆으로 물가에 피는 난초꽃이 노랑으로도 피고, 보라색으로도 피어 복스럽다. 집 안의 채전밭(채소밭) 가에 서 있는 나즈막한 단감나무에는 감꽃이 핀다. 채전밭 안에는 산동초 꽃이 노랗게 피어 나비들과 앙상블을 이룬다. 밭에 피던 보라색 자주 감자꽃은 흰 꽃보다 더 예뻤다. 그 자주빛 감자꽃은 지금은 잘 볼 수 없다. 채전밭 울타리를 타고 오르는 울콩 꽃도 예쁘다. 구석에 자리 잡은 정구지(부추) 꽃은 봄이면 하얗게 핀다.

여름이면 장독간 옆에는 석류꽃이 붉게 피고, 그 옆에는 노란 당국화, 흰색 붉은색 다알리아꽃들이 탐스럽게 피었다. 안채 뒤 안 담장 아래 꽃밭에는 닭벼슬을 닮은 붉은 맨드라미

꽃이 핀다. 어머니가 내 손톱에 백반 넣고 꽃잎을 찧어서 손톱에 물들여 주시던 봉숭아꽃도 잊을 수 없다. 층층이 붉게 피는 사루비아는 백일홍과 서로 다투어 피었다. 보라색 국화를 닮은 꽃, 화단 가를 나직하게 장식한 알록달록 채송화는 키가 작은 나를 닮은 듯하였다.

채전밭 경계로 낮은 담장이 있다. 더덕 넝쿨이 낮은 담장을 오른다. 흰 꽃과 보라 꽃이 향기를 풍긴다. 담장 앞에 꼿꼿이 서서 피어 있는 해바라기꽃은 우리 집을 지키는 수호신 같았다. 해바라기 꽃잎이 마르고 씨앗이 갈색으로 변하면 꽃대를 잘라서 처마 밑에 걸어 두었다. 안채 부엌 옆, 하수구 가로 작은 가지밭이 있다. 가지 꽃도 예쁘지만 어린 가지는 부드럽고 맛있었다. 그 담장 옆에 기대선 무궁화꽃 나무에는 흰색, 연보라색 꽃이 곱게 피었다. 꽃피는 계절이 오면, 우리 집은 꽃 대궐 같았다.

나는 왜 아버지가 꽃을 좋아하셨다고 생각하는지 모르겠다. 부모님 두 분 중에 한 분이라도 꽃밭을 가꾸시는 걸 본 기억은 없다. 하지만, 지금까지 나는 아버지가 꽃을 좋아하셔서 가꾸셨으리라 상상하였다. 나는 큰오빠에게 전화를 걸었다. 내가 상상한 이야기를 하니 오빠는 뜻밖의 말을 한다. 어머니가 꽃을 좋아하셨다는 것이다. 그래서 어머니가 꽃을 심고 가꾸셨다고 하였다.

이 글을 쓰면서 큰오빠에게 들은 이야기가 또 있다. 이야기의 내용은 이러하다. 내가 태어나기 전의 일이다. 오빠는 아침밥을 먹고 친구와 학교에 같이 가려고 친구네 집에 갔는데, 친구 가족들이 둘러앉은 밥상에는 밥은 없고 소나무 껍질을 벗겨서 만든 송기떡을 먹고 있었다고 한다. 친구 엄마가 오빠에게 송기떡을 먹으라고 주셨는데 그 떡이 그렇게 맛이 있었다고 한다. 오빠가 맛있게 먹으니 친구 엄마가 오빠에게 송기떡을 싸 주면서, 집에 가져다드리고 와서 친구와 학교에 같이 가라고 하셨단다. 그래서 얻은 떡을 가지고 집으로 왔는데, 어머님은 오빠에게 크게 나무라시며 "그 집에는 아침밥 대신해 먹는 송기떡인데, 그것을 준다고 가져올 수 있느냐" 하시며 크게 꾸중을 하셨다고 했다. 그러면서 어머니는 장독대 위 대소쿠리에 점심때 먹으려고 담아 놓은 밥을 듬뿍 큰 그릇에 담아 주시며 그 집에 가져다드리라고 하셨단다. 오빠는 그때 엄마가 그렇게 크게 꾸중하시는 걸 처음 보았다고 하였다.

오빠는 또 다른 이야기도 하였다. 우리 집 방앗간(디딜방

아가 있는 곳)에 아이들을 데리고 들어와 한 달쯤 살고 간 가족들이 있었다. 그때 오빠 나이가 열너댓 정도 되었을 때인데, 철이 없는 행동을 하였다고 한다. 하루는 부모님이 없을 때 잿간에 들어가서 재를 삽에 떠가지고 방앗간에 있는 가족들에게 뿌렸다고 한다. 들에 갔다 오신 아버지께 발각이 되어 혼쭐이 났다고 하였다. 그리고 방앗간에 살고 있었던 그 가족들에게 용서해 달라고 싹싹 빌었다고 한다. 그런 일 외에는 우리 아버지 어머니는 자식에게 '이놈아'라고 한다든지 '가시나' 소리 한번 하는 것을 보지 못했다고 하며 고생하신 부모님을 오빠가 그리워하였다.

경주 보문단지가 개발되지 않았더라면 우리 친정은 신평동네 가운데 제일 큰 마당, 고운 꽃들이 피어나는 집으로 남아있을 것이다. 관광단지로 개발되면서 꽃동네 꽃 대궐 같은 우리 집은 사라지고 말았다. 개발이 된다고 모두가 좋은 것은 아니었다.

불국사 탑 동네로 이사를 온 우리 집은 고향 사람들과 헤어졌다. 이사를 온 동네 사람들은 우리 집 택호(宅號)를 '아동댁'으로 불렀다. 우리 외갓집이 아동에 있었기 때문이다. 어느 날 아버지는 말씀하셨다. 이 동네는 들어와 사는 집들이 많아 차별이 좀 있다고 하시며, 그래도 사람들이 우리 부모님에게는 존중하여 '아동댁'으로 불러 준다고 하셨다. 아버지는 고향에 살 때는 농사일도 하시며 할 일이 있었는데, 여기로 이사를 오면서 할 일이 없어졌다. 평소에 조금씩 드시던 소주를 한 번에 한 잔씩 드시는 걸 낙으로 여기시는 듯했다.

엄마는 불국사 절 아래에 있는 식당에 일을 다녔다. 은비녀로 쪽을 지은 어머니의 검은 머리가 탐스럽게 보였다. 그런데 식당 일을 다니시면서 쪽 지은 머리를 잘라내고 이제는 모두가 다 하는 파마를 하였다. 아버지는 칠십을 넘기시며 중풍으로 누웠다. 대문에 들어서면 아버지 방이 바로 앞에 있다. 문을 열면 바로 보이는 대문 밖을 아버지는 못 보셨다. 그리고 몇 년이 더 흘러 아버지가 돌아가실 것 같다며 자식들을 불러 모으기를 몇 번이나 하였다.

1985년 음력 12월 24일 같은 날 밤에 나의 친정 부모님은 모두 돌아가셨다. 돌아가시기 전날 밤, 어머니는 동네 사람들과 우리 집에서 놀았다고 한다. 내일 서울 있는 큰 며느리 오면 들려 보낸다고 맞추어 놓은 유과를 찾으러 불국사 장에 간다고 하셨단다. 작은 조카가 시내 삼촌 댁에서 자고 집에 와 문 앞에서 "할매, 할매" 하고 여러 번 불러도 대답이 없기에 문을 열고 보니 어머니는 아버지가 누워있는 앞에서 한쪽을 무릎 세우고 손은 무릎 위에 올려놓고 고개를 숙이고 있더란다. 조카가 할매 등을 만지려고 하니 손이 등에 닿기도 전에 찬 기운을 느껴, 얼른 방에서 나와 앞집 아저씨를 불렀다고 하였다.

조카가 할아버지는 그때 이미 눈을 감고 계셨다고 한다. 앞집 아저씨가 조카에게 마당 끝 감나무 밑에 우선 가 있으라고 말씀하더란다. 조카에게 돌아가신 할아버지, 할머니 모습을 보이지 않으려고 그러하였을 게 분명하다. 시아버님께서는 친정 부모님 장례식날 장지에 오신 조문객들에게 부모님 살아생전 이야기들을 들으시고 집으로 오셔서 내게 "사돈들 인심을 알겠다" 하시며 나를 위로해 주셨다. '얼마나 좋으면 같은 날 함께 가셨을까' 하는 마음이 든다.

나는 부모님 살아 계실 때, 한 번도 잘한 게 없는 듯하다. 결혼하고서 친정을 제대로 가지 못하였다. 설 명절은 시집에 며느리로 바빴다. 어쩌다 한번 나도 친정에 가고 싶어 갈려고 하면, 그게 잘 안되었다. 나는 늘 시집 형제들이 다 가고 나면 겨우 우리 집으로 갈 수 있었다. 남편은 내가 어딜 가는 것을 싫어하였다. 친정 가는 걸 못 가게 하였다. 그러다 보니 친정 부모님 계실 때 몇 번도 못 갔던 것 같다. 그러니 친정 부모님

제사에도 30년 동안 다섯 번 정도밖에 못 갔었다. 나는 친정에서 막내다. 그러다 보니 명절 제사 아니면 갈 일이 거의 없다. 그런데도 나는 남편 비위를 맞추고 살다 보니, 친정 부모님께서 돌아가시고 난 다음에도 불효를 짓고 있다.

서울 큰올케 언니는 말한다. 아버님, 어머님은 돌아가시면서까지 자식들 위하였다고 한다. 한 날 돌아가셨으니 두 번 지낼 제사를 한 번에 지내지, 각기 따로 돌아가셨으면 또 몇 번을 왔어야 할 것 아니냐고 올케는 말한다. 부모님이 돌아가시면서도 자식 생각을 하셨다는 것이다. 그렇다. 그러함에도 나는 4~5년에 한 번도 어렵게 다녔으니, 말해 무엇을 하겠는가.

이런 기억도 난다. 초등학교 2학년 봄인듯하다. 선생님께서 내일은 도시락을 싸 오라고 하셨다. 우리 집에는 노란색 직사각형 납작 도시락이 한 개밖에 없었다. 나는 학교에서 도시락 싸 오라고 한다고 어린 마음에 고집을 부렸다. 큰오빠가 산에 사방공사 가면 도시락을 싸가야 하는데, 내가 그 도시락으로 점심을 싸 간다고 고집을 부렸다.

아버지가 화가 잔뜩 나서 나를 때린다고 사랑방에서 나와 나무 막대기를 찾는 것 같아, 나는 마당에 있다가 큰방으로 도망을 쳤다. 아버지는 막대기를 가지고 나를 찾아 큰방으로 오시기에 나는 큰방 뒷문을 열고 마루 밑에 숨었다. 엄마는 아버지 몰래 도시락을 싸 주셨다. 꼭 싸가지 않아도 되는 도시락이었다. 나는 그렇게 부모님 속을 썩여드렸다.

김장철이 되면 엄마는 사랑방에 놀러 오시는 동네 사람들 술안주로 배추김치를 큰 단지에 가득 담으신다. 겨울 저녁 직장에서 퇴근하고 집으로 돌아오면 문틈으로 풍겨 나오는 무청 시래기 된장국 냄새가 구수하다. 엄마는 시래기 된장국을 끓여놓으시고 6남매 중 막내인 나를 기다리셨다. 우리 엄마는 꽃을 좋아하셔서 예쁜 마음을 가지셨나 보다.

큰비 올 때면

내가 살던 곳은 경주시 덕동댐 아래 신평동 57번지이다. 그래서 큰비가 오면 온 동네에 물난리가 난다. 우리 동네 제일 위에 사는 집은 비가 많이 올 때마다 물이 넘쳐, 떠내려갈까 싶은 생각에 미리 집을 비운다.

나는 아침 일찍 동네 사람들 사이에서 물 구경을 한다. 무엇이든지 싹 다 떠내려 보낼듯한 황토색 강물은 큰 나무를 뿌리째 뽑아내려 보낸다. 집도, 소도, 닭도, 물살에 부딪히는 무엇이든지 쓸어 버린다. 한참을 강물이 흘러가는 것을 보고 서 있으면 눈이 빙빙 돌기도 하여 쓰러질 것 같았다.

나는 집으로 와서 밥을 먹고 학교 갈 준비를 한 다음 삽짝거리에 나와서 엄마, 오빠가 나오기를 기다린다. 다른 친구들은 모두 다 학교 갈 생각을 안 한다. 큰물을 보고 나니 학교에 갈 엄두가 안 나는 것이다. 하지만, 우리 엄마는 내 책보를 들고, 오빠는 나를 업고, 윗동네가 보이는 곳까지 가서 물이 한 곳으로 만나는 지점 위로 올라간다. 거기서 물을 건너 나를 학교로 보냈다.

어느 해 여름, 큰비가 며칠간 내려서 도저히 나를 업고 물을 건너기 어려웠다. 오빠는 "경자야, 오늘은 결석을 해야겠다. 어짜겠노" 하였다. 어린 나는 학교에 가지 않으면 안 된다는 생각에 그래도 가야 한다며 내 뜻을 굽히지 않았다. 나는 대문 옆에서 땅바닥을 보며 신발을 신은 발끝으로 땅바닥을 비비고 서 있었다. 큰물이 날 때는 물을 건너야 하는 동네 학생들은 학교에서도 결석 처리를 하지 않는다.

그래도 나는 가야 한다. 큰오빠는 나를 데리고 걷다가 업었다가를 하면서 가고 있고, 엄마는 늘 옆에서 책보를 들고 숨을

헐떡이며 걸었다. 우리는 수모리(보문 저수지) 아랫동네에 도착하였다. 여기서는 학교 가는 버스를 나 혼자 타고 간다. 엄마, 오빠는 7km는 될 듯한 길을 다시 걸어 집으로 가신다. 그때 그 마음은 어떤 마음이었을까.

버스는 기름 냄새와 기름 연기를 뿜어내며 내 앞에 멈추었다. 내가 버스에 올라타면 버스가 출발하고, 버스는 덜컥거리는 자갈길 오르막이 힘에 부치는지 다시 한번 힘을 내어 달린다. 의자에 앉은 나는 몸이 어른들보다 가벼워서 궁둥이가 춤을 춘다.

가는 길 왼쪽으로 황토물이 넘실거리며 우리 동네를 지나 오르막 꼬부랑길을 달리는 버스는 겨우 학교까지 도착했다. 드디어 학교에 도착한 나는 밤색 나무를 길게 이어진 복도를 지나간다. 공부하는 다른 교실 친구들에게 소리가 들릴까 싶어 살금살금 걸어도 내 작은 발자국마다 삐걱거리는 소리가 유난히 크다.

교실 뒷문을 살며시 열고 들어서면 선생님과 아이들은 어떻게 위험한 큰물을 건너 올 수 있었냐며 나에게 박수를 친다. 나는 오늘 오빠, 엄마 덕분에 선생님과 친구들이 보는 앞에서 어깨가 으쓱하였다. 다른 날보다 비가 오는 날은 공부를 일찍

마친다. 한 시간도 채 하지 못하고 집으로 온다.

강물이 많이 줄어들지 않는 날이면 우리 동네 건너편에서 물이 빠지길 조금 더 기다려본다. 그때 건너편에서 오빠가 손짓을 하면, 강폭이 가장 넓은 곳에서 강물에 들어선다. 물은 아직 오빠 허리를 휘어 감고 오빠는 물 흐르듯이 내려가며 건넌다.

때로는 물이 그날 빠지지 않는 날도 있다. 그런 날에는 찻길 옆으로 길을 사이에 두고 양쪽에 있는 집에서 하룻밤을 자고 이튿날 바로 학교로 간다. 비가 오는 날 나를 재워준 집은 우리 집보다 형편이 조금 못하다. 그 집의 식구들 먹을 양식도 부족할 터인데도 나까지 밥을 준다. 이렇게 넉넉한 인심을 내어 준 집에 엄마는 한 되 남짓 되어 보이는 보리쌀을 보자기에 싸가서 고맙다는 인사를 잊지 않으셨다.

내가 1학년인지 2학년인지 지금은 잘 생각이 나지 않지만, 소풍 가는 날 엄마는 나에게 말한다. "자야, 오늘 소풍은 가지 말고 며칠 있다가 엄마가 감포 할머니 집에 가는데, 그때 같이 가자" 하셨다. 엄마는 정말 돈이 없어 소풍을 보내지 못했을까. 20원을 아껴 감포 할머니 집에 갈 때 보태어 쓸려고 그랬을까.

엄마가 베를 짜는 방은 네모 모양의 물레가 방안을 꽉 채우고 실을 걸고 돌아가고 있었는데, 어린 나는 그 물레 아래서 잠이 들었던 기억이 있다. 저녁 무렵에 깨어 보면 아침인 듯하다. 그런 날은 하루가 무척 길다.

아버지의 사랑방

친정에서 어릴 적 자랄 때를 생각하면 지금은 그 어느 것이나 그립다. 무엇보다 막내딸을 사랑해 주셨던 아버지에 대한 기억이 소중하다. 아버지 하면, 가장 먼저 떠오르는 것이 나에게는 아버지의 사랑방이다. 아버지의 사랑방에는 언제나 동네 어른들이 오셔서 이야기가 수북했다. 비가 와서 바깥일을 나가지 못하는 여름날에는 아침을 일찍 먹는 집의 어른들은 아버지가 아직 사랑방에 내려가시기도 전에 우리 집 사랑방에 먼저 와서 앉아있다.

우리 집 사랑방은 바쁜 농사 철이 아니면 언제나 동네 사람들이 놀다가 간다. 다른 집에서는 우리 집처럼 편하게 놀 수 있는 방을 내어 주지 않았는지, 늘 우리 집에서만 모여 노는 것 같았다. 동네 사람들은 우리 아버지 또래가 아니어도 나이와 상관없이 누구나 드나들었다. 그래서 우리 집 사랑방은 언제나 사람들로 가득 차고, 때로는 마루에까지 앉는다, 사랑방 방문이 열려있으면 우리 식구들은 대문(삽짝문)을 드나들 때, 무조건 공손한 자세로 다녔다. 아무런 잘못도 하지 않아도, 마치 죄라도 지은 사람처럼 괜히 고개를 숙이고, 다른 곳을 보며 잰걸음으로 지나다녔다.

내 기억으로는 그때 매년 오는 약장수들이 있었는데, 그들은 우리 마을에 오면 미리 온다고 우리 집으로 기별을 하고 왔다. 그날이 되면 여느 때와 다르게 엄마는 새벽부터 온 식구를 깨워 청소를 시킨다. 사랑방 문을 활짝 열고 보통 때보다 더 깨끗하게 치운다. 우리 집 들어오는 길목에서부터 마당 구석구석은 물론 화장실 두 곳을 청소하고, 사랑채에 붙어있는 소 마구간을 치우고, 아궁이에 있는 재까지 담아내면 해가 한참 솟아오른다. 온 식구가 잔치라도 하는 집처럼 마음이 들뜬다.

평소와는 다르게 늦은 아침을 먹기 위해 가족들이 둘러앉던 모습도 눈에 선하다. 안채 마루에서 아버지는 큰오빠와 겸상한다. 가죽나무로 만든 평상에는 작은오빠와 엄마, 그리고 내가 한 상에 앉는다. 언니들과 큰올케 언니는 부엌 가까운

곳에서 밥을 먹었다.

점심때가 되어 갈 무렵 아랫동네를 거쳐 올라오는 약장수들의 모습을 기운으로 느낀다. 하늘에서 비가 내려야 모내기를 할 수 있는 천수답 옆길을 지나, 동네 입구로 들어오는 약장수들의 차가 보인다. 그와 동시에 시끌벅적하게 노래를 커다랗게 틀며 기세가 등등하게 우리 동네로 들어오는 소리도 들린다. 약장수들의 차는 동네에서 제일 큰 마당이 있는 우리 집으로 들이닥친다.

약장수들은 점심을 먹고 쉴 틈도 없이 남자와 여자들은 각자 맡은 분야를 나누어 저녁 공연 준비에 바빴다. 저녁에 사람들을 모으기 위해 차를 타고 아랫동네까지 간다. 오늘 저녁 신평 아동댁에서 서커스 공연이 벌어진다며, 구경하러 오라고 마이크에 대고 외친다. 차는 노래를 크게 틀고 골목길을 누볐다.

여름이라 해는 넘어가도 날은 아직 훤하다. 그들이 미리 꾸며놓은 무대 여기저기 전구에 불이 들어오고, 우리 집 사랑방은 출연자 대기실처럼 쓰였는데, 사랑방에서 나오는 젊은 여자들은 화장을 진하게 하고 한복을 곱게 입고 있었다. 남자들은 무대 앞쪽에 오늘 저녁 팔 물건들을 정리한다. 어떤 남자는 큰채와 사랑채 사이에 설치해 둔 외줄에 올라가서 외줄 타기 연습을 한다. 이런 모습들을 나는 바로 앞에서 미리 구경할 수 있었다. 꼬마 소녀는 신이 나 있었다.

이제 어둠은 완전히 마당에 내려앉고, 동네 사람들도 어느새 넓은 마당을 꽉 채웠다. 지금부터는 시골에서는 도저히 볼 수 없는 구경거리가 펼쳐진다. 무대에는 입담이 좋은 남자가 인사를 하며 동네 사람들의 시선을 끈다. 순서를 진행하는 사람이다.

그때 어린 나는 남자가 외줄을 타는 모습을 처음 보았다. 줄 위를 걷는 사람이 떨어질까 봐 마음이 아슬아슬하였다. 배는 불룩하고 머리를 빡빡 깎은 남자가 나와서 묘기를 보인다. 그는 누워있는 사람의 배 위에 사과를 얹어놓고 그 사과를 긴 칼로 내려친다. 실수라도 할까, 나는 마음이 조마조마하였다. 입에서 불을 뿜는 사람도 있었다. 마당에 모인 사람들은 숨을 죽이고 구경하였다.

재미있는 것들을 한꺼번에 다 보여주진 않았다. 공연 사이에 약장수 팀의 여자 남자들은 약은 팔았다. 이어서 한복을 곱게 입은 여자가 나와서 노래를 한다. 나는 어릴 때 둘째 오빠가 사 온 야전(야외 휴대 전축)이 우리 집에 있어서 당시 유명

했던 최정자, 김세레나, 이미자 등 여자 가수들의 노래들을 많이 듣고 자랐다. 약장수 여자들 노래 솜씨는 진짜 가수가 부르는 것처럼 잘 부르는 것 같았다. 모두가 빠져들고 들었다.

그렇게 약장수들이 한번 들어오면 일주일, 열흘을 약을 팔고 갔다. 약만 파는 게 아니다. 잡다한 생활용품들도 팔았다. 해마다 여름이면 이들은 와서 이렇게 기거하며 우리 사랑방을 쓰는 대신, 우리 아버지에게 얼마간의 용돈이라도 드리지 않았나 싶다.

아버지는 가을걷이가 끝나면 새끼를 꼬아 가마니를 만드셨다. 그뿐만 아니라, 삶방석이나 곡식을 말리려고 널어놓기 위한 큰 멍석 등 짚으로 만드는 건 모두 다 사랑방에서 동네 사람들이 둘러보고 있는 앞에서 만드셨다. 아버지는 양말도 직접 꿰매시곤 하셨다. 엄마가 잘하시는데도 아버지는 손수 그러셨다. 젊은 시절 우리 아버지는 아주 부지런하셨다. 비록 다리는 불편 하셨지만 잠시도 노는 법이 없었다.

새끼꼬는 이야기에는 추억이 있다. 호기심이 많은 나는 짚으로 새끼를 꼬는 아버지 옆에 앉아 볏짚을 만지작거리고 놀다가 나도 할 수 있겠다는 생각이 들었다. 나는 네 가닥의 짚을 둘로 나누어서 거꾸로 들고 아버지처럼 몇 번 비벼서 새끼를 꼬아 나갔다. 끝이 풀리지 않게 하는 건 나중에 아버지에게 해 달라고 하면 되리라 생각했다. 새끼를 바로 하여 무릎을 세우고, 발로 짚 가닥을 꼭 밟고 앉아 네 가닥의 짚이 두 개씩 작은 손바닥 안에서 서로 교차하며 손으로 비비자 새끼가 꼬여져 나왔다. 동네 사람들은 내가 하는 모습을 보고는“경자가 눈썰미가 있어” 하며 허허 웃는다. 나는 새끼꼬는 게 재밌었다.

나는 육 남매 중 막내다. 언니와 오빠는 밤에 사랑방에 오는 일은 없었다. 내 기억에는 그렇다. 그런데 어린 나는 사랑방에 사람들이 많이 없으면 종종 갔었다. 나는 아버지의 사랑방에서 다른 어른들 이야기를 듣기도 하였다. 그때는 어려서 한자리에 가만히 있지 못하고 자주 방문을 열고 들락거렸다. 그런 나에게 우리 아버지는 “아이고 문고리 다 달겠다. 그만 좀 들락거려라”라고 하셨다.

아버지는 당시 풍년초 담배를 긴 곰방대에 넣어 태우셨다. 동네 사람들과 같이 피울 때는 방 안에 담배 연기가 얼마나 가득하였는지, 방문 열면 곰이라도 잡겠다 하는 어른들 이야기를 들었다. 내가 그때 보았을 때도 파란 연기가 굴뚝에서 나오는 듯하다는 생각이 들었는데, 이는 조금도 지나친 표현이 아니었다. 사랑방 시렁에는 일 년 먹을 된장과 간장을 만들 메주가 주렁주렁 매달려 있었다. 일어나면서 머리에 부딪히곤 했다. 방안은 메주 뜨는 냄새가 가득하였다.

아버지 사랑방은 특별한 곳이었다. 우리 가족이 안채에서 제사 지내는 날도 예외 없이 동네 사람들은 모여서 논다. 12시가 넘어 제사가 끝나면 음복까지 하고 간다. 겨울에 화투를 칠 때도 있었다. 때로는 멀리서 전문 노름꾼이 올 때도 있었다. 우리 집은 사랑방에 내어놓을 술안주 음식으로 무를 섞은 배추김치를 큰 독에 하나 가득 매년 꼭 담았다. 우리 아버지 사랑방은 동네잔치가 있어도 우리 집 잔치처럼 손님을 치렀다.

아버지 사랑방에는 사연도 많다. 나와 제일 친한 친구가 두 집 건너 가까이 살고 있었다. 그 친구 집 이야기인데, 이 글을 쓰면서 오빠에게 들은 이야기다. 지금으로부터 55년 전 겨울, 친구 아버지는 밤새 남의 동네에 가서 노름하고 아침에 집으로 들어왔다. 친구 아버지는 노름을 조금씩 하였는데 이번에는 크게 사고를 쳤다. 집을 잡히고 하다가, 아예 집을 잃었다고 하였다. 집은 이긴 노름꾼 손에 넘어갔다. 노름꾼이 친구 아버지 뒤를 따라와 집을 비워달라고 했다. 친구 아버지는 당장 자기 집에서 쫓겨나 갈 곳이 없었다. 그래서 친구네 식구 아홉 명 모두 우리 사랑방으로 와서 살았다.

오빠의 이야기를 듣고 나는 물었다. "그래서 친구 집은 어떻게 되었어요?" "걔네 이모네 집에 가서 돈을 가져왔지. 그걸로 노름빚을 갚았겠지. 우리 집 사랑방에 일주일 정도를 살다가 자기네 집으로 들어갔지."

이런 일도 있었다. 내 나이 12살 되던 해 추석 전이었다. 어른들이 동네 앞 봇또랑 가에서 발을 물에 담그고 앉아서 놀고 있었다 우리 아버지도 같이 놀았다. 그때 한 젖가슴이 큰 젊은 여자가 다가왔다. 아마 젊은 여자는 아기를 낳은 후 정신이 이상하여 집을 나왔거나 하였던 것 같다. 누군가 보호가 필요한 여자였다.

많은 동네 어른들이 있었지만, 그 여자를 보살피겠다고 나선 사람은 우리 아버지였다. 우리 아버지가 그 여자를 집으로 데려와, 사랑방을 그 여자에게 내어 주고 아버지는 안방에서 주무셨다. 이튿날 나는 그 여자의 집을 찾아갔다. 주소를 들고 버스를 타고 경주 시외버스 터미널에 가서 내렸다. 거기서 다시 영천 화산으로 또 버스를 타고 가는데, 당시 논 들에는 벼가 덜 익었는지 아직 진한 노랑이 아니었다. 노란 들판에 내리쬐는 햇빛이 따가웠다. 넓은 들판 한가운데에서 버스를 내렸다. 들길을 따라 마을로 찾아들어 갔다. 그날 내 기억은 여기까지다. 그때 시간은 오후 3시가 넘은 것 같다. 젖가슴이 큰 여자는 가족들이 찾아와서 집으로 데려갔다.

아버지가 거칠어진 손으로 나의 등을 긁어 주시던 긴 겨울밤, 그 시절에는 몸을 잘 씻지 않아서(씻을 수가 없어서) 이가 많았다. 아버지가 내 내복을 벗겨 뒤집으면, 바느질 자국을 따라 이들을 찾아냈다. 거기에는 아직 부화하지 못한 통통한 알들이 작은 물방울처럼 줄지어 붙어있었다. 알은 호롱불에 닿으면 따닥따닥 소리를 내었다. 징그럽기도 하였다. 그것을 아버지께서 해 주셨다. 따뜻한 정이 머물던 그곳 풍경들이 아련하게 떠오르면, 그 옛날 아버지와 사랑방이 그리워진다.

2. 옛날은 가고 없어도

외갓집 이야기

외갓집은 경주 보문단지에서 차로 7~8분 거리에 있었다. 여름방학이면 엄마하고 나하고 외가로 가던 길이 생각난다. 외가로 가는 길에 비가 오다가 소나기가 쏟아지면 길은 물바다가 되었다. 나는 처음에는 무서웠다. 소나기가 그치면 언제 비가 왔냐는 듯 잠긴 길이 시원하게 드러났다. 어린 나는 신기하게 여겨졌다. 그래도 엄마와 가는 길은 언제나 즐거웠다. 외갓집에 도착하니 외숙모, 외삼촌은 보이지를 않는다. 오늘도 들에 나가셔서 힘든 일을 하실 것이다.

감자가 구석 그늘에 널브러져 있고 소 마구간 앞에는 옥수수 껍질과 수염이 수북하다. 나는 엄마 손을 잡고 외갓집 밭이 있는 뒷동산으로 간다. 외갓집 밭은 끝이 보이질 않았다. 콩잎이 바람에 일렁이는 사이로 부드러운 열무들이 띄엄띄엄 심어 있었다. 밭 가에는 옥수수가 줄을 지어 심어 있었고, 붉은 수수도 알알이 익어 고개를 숙였다. 엄마와 나는 외숙모를 찾아다녔다. 고추밭에서 외숙모를 찾았다. 외숙모 얼굴은 잘 익은 고추처럼 빨갛게 익어 있었다.

외갓집 식구들은 일밖에 모르는 사람들 같았다. 엄마와 나는 집으로 내려와 집안을 치우고 저녁밥을 하였다. 외숙모, 외삼촌은 해가 지고 어두워질 때까지 들에서 일하셨다. 아주 늦게 돌아오셨다.

그 시절 농촌에서는 맏아들은 어느 집 할 것 없이 장가들기가 힘이 들었다. 우리 외갓집 큰 오빠도 마찬가지였다. 맏이는 의무인 듯 부모님을 모시고 살아야 했고, 그러다 보니 그 많은 제사도 지내야 한다. 맏이 아래로 동생들은 보통 육칠 남매는 낳았다. 그러니 가난한 집 장남은 장가들기가 여간 힘들지 않았다. 외갓집 큰오빠가 장가를 들 때도 마찬가지였다. 외가는 사돈 될 집 살림 형편이 곤란하여 돈을 주고 며느리를 보았다는 소리를 들은 것 같다. 마음이 한없이 좋은 올케언니는 무언가 조금 아쉬운 구석이 있는 듯 보였다.

외갓집 들에서 나오는 소출은 언제나 풍년인 듯 보였다. 먹을 것이 늘 풍족하였다. 들에서 늦게까지 일하시다 보니 여름철 저녁밥은 늘 늦게 먹는다고 하였다. 늦은 저녁 마당에는 막 베어온 풀로 모깃불을 피운다. 생풀이 타면서 매캐한 연기가 마당을 덮었어도 모기는 자꾸만 나를 따라다녔다.

볏짚으로 만든 멍석을 깔고 저녁상이 차려진다. 어린 내가 본 외갓집 저녁 밥상에는 여러 가지 반찬들이 고봉으로 담겨

상에 오른다. 밥상이 푸짐하다. 상마다 온 식구가 두툼한 막사발 밥그릇에 퍼 나온 고봉밥을 자기 앞으로 당겨 놓고 밥을 먹었다.

외갓집에는 먹을 것이 많았다. 보라색 감자는 싹 눈이 있다. 자주색 감자는 반찬을 할 때 쓰인다. 흰 감자와 고구마와 옥수수는 채반을 깔고 껍질째 앉혀놓고, 그 위에 풋콩은 줄기째 올려놓고 찐다. 찜 솥에 김은 바람이 부는 대로 온 마당으로 퍼져 맛있는 냄새를 풍겼다. 외가에서 먹는 옥수수는 부드럽고 간이 잘 맞아 언제나 맛있었다. 잘 익은 감자를 상위에 올려놓고 주먹으로 툭 치면 속살이 감자분으로 반짝였다. 나는 지금도 감자를 이렇게 먹기도 한다. 외가에는 맛있는 과일도 많았다. 수박, 참외는 밭에서 따왔고, 복숭아나 사과, 배 같은 과실수는 밭둑가에 서 있었다.

세월이 흘러 우리를 반겨주신 외삼촌과 외숙모도 돌아가셨다. 돌아가실 때까지 일만 하셨다. 살아 계실 때 일하시던 모습만이 남아있다. 외삼촌과 외숙모가 차례로 돌아가시고 몇 해 지나서 외갓집 동네도 개발 구역으로 지정되었다. 끝이 보이지 않던 보리밭과 벼를 심었던 논, 그리고 집까지 모두 개발 구역으로 들어갔다. 전체 개발에 들어간 땅에 대한 보상금

이 45억이 나왔다고 한다. 큰돈이 나오고 보니, 외갓집을 아는 사람들은 고생만 하시다 돌아가신 외삼촌과 외숙모 이야기를 많이 하였다.

외가의 큰오빠는 이제는 경주 시내로 이사를 나와 사는데, 우리 오빠가 길에서 외가 큰 올케언니를 만났다고 한다. 길옆에 마침 옛날 밀가루 술떡을 파는 장사가 있어 오빠는 "형수, 이 떡 좀 사 줄까요" 하였다고 한다. 올케언니는 말하기 무섭게 큰 술떡 두 개를 뚝딱 먹어 치우고, 집에 가져간다며 다시 두 개를 집어서 떡을 챙기더라고 하였다.

돈이 많으면 뭐 하나. 돈은 쓰려고 힘들게 버는 게 아닌가. 외가 오빠 부부는 집에서 잘 나오지도 않는다고 하였다. 돈이 아까워서 못 쓰는 것이 아니고, 쓸 줄을 몰라서 못 쓰는 것 같다. 새삼 가신 분들이 생각난다. 돌아가신 외삼촌, 외숙모는 밥도 고봉으로 드시고, 남들보다 일도 고봉으로 하셨다.

몇 년만 늦게 태어났어도

초등학교 4학년 어느 날, 햇볕이 내리쬐는 운동장에서 전교 학생들이 모두 모여 조회를 하는 날이다. 학년별로 줄을 길게 늘어 서 있다. 나는 앞에서 열한 번째로 줄을 섰다. 나의 출석번호는 11번이다. 전교생 모두가 교단 위에서 말씀하시는 교장 선생님에게로 향하였다.

그러던 중 나는 서서히 하늘이 노래지는 것을 느꼈다. 그러다가 깜깜해진다. 머리도 어지럽고 하늘이 빙빙 돌고 돌아서 정신이 아득해진다. 몸에 힘이 하나도 남김없이 빠진다. 그 자리에서 스르르 기절하였는지 나는 모르겠다. 나는 집으로 어떻게 돌아왔는지, 내 기억 속은 하얗다. 깨어 보니 안채 옆 방이다. 큰오빠와 큰올케 언니가 쓰는 방이다.

보건소에서 나와 소독을 하고 나를 격리했다. 장티푸스에 걸린 것이다. 보건소에서 나온 사람은 약을 주며 엄마에게 장티푸스가 가족들에게 전염되지 않도록 주의사항을 알려 주고 간다. 장티푸스는 전염이 강하여 엄마만 잠깐씩 들어와 입맛이 떨어진 나에게 때가 되면 죽을 끓여 들어와 숟가락으로 억지로라도 먹어야 낳는다며 내 입에 밀어 넣는다. 나는 죽을 먹어도 약을 많이 먹어 입이 쓰다.

밤이 되면 고열에 아파하는 것을 보시면 얼른 넓은 대야에 찬물을 받아와서 마른 수건을 번갈아 물에 적셔 내 머리에 얹는다. 이렇게 나를 지극 정성으로 보살펴 주신 덕분에 장티푸스가 나았다. 지금 내 아들이 결혼하여 눈에 넣어도 아프지 않을 손주 둘을 얻고 보니, 내가 아파 있을 때 엄마의 마음이 얼마나 아팠을까 하는 생각이 든다. 엄마의 마른 가슴이 훤히 들여다보인다.

결석을 잘 하지 않던 나는 장티푸스를 앓아서 한 달 정도를 결석했다. 사실은 죽다가 살아난 병이었다. 병을 앓던 자리에서 일어나 오랜만에 학교에 가는 날이다. 올케언니가 "고모 오늘 머리 자르자, 학교 가기 전에 머리 잘라야지"라고 한다. 올케언니는 시집오기 전에 미용을 조금 배웠다고 했다. 집안의 텃밭에 의자를 갖다 놓았다. 햇볕이 따뜻하였다. 머리 자르기에 딱 좋은 장소다.

올케언니는 내 목으로 머리카락이 들어가지 않게 보자기를 둘러 묶고, 도루코 면도날로 내 머리를 치는데 어찌 된 셈인지 머리카락 뿌리가 빠지는 듯 따갑다. 낡은 면도날이 문제다. 나를 예뻐해 주시던 큰 올케언니가 보고 싶다.

내가 학교에 출석한 지 얼마 되지 않아 시험을 쳤다. 나에게는 기적 같은 일이었다. 내 시험 등수가 65명 중 8등이라 한다.

그러나 나는 공부를 잘하는 아이가 아니었다. 그렇다고 해서 공부를 못 하는 아이도 아니었다. 동네 사람들은 나를 똘똘하다고 하였다. 4학년 여름방학에는 담임 선생님께서 반 친구들끼리 모여 공부를 하라고 하셨다. 우리 동네는 6명씩 두 팀을 만들어 주셨다. 우리 팀 여섯 명은 내가 맡아서 친구들에게 가르쳐 주는 역할을 했다. 그해 여름방학은 친구들 집을 돌아가며 방학 공부를 하였다. 친구들과 공부를 마치고 각자 집으로 가는 길에 봇또랑에서 멀리 헤엄쳐 가기 시합을 하기도 했다.

산수 시험에서 12점을 받은 적이 있었다. 몇 학년 때인지 모르지만, 어린 마음에 친구들이 볼까봐 시험지를 감추었다. 산수 공부를 어떻게 하는지도 몰랐던 것 같다. 내 위에 언니는 책보만 들고 학교에 왔다 갔다 하는지, 숙제하는 걸 본 기억이 없다. 나는 선생님께서 내어 주시는 숙제만 겨우 하고, 학교에 다녔던 것 같다.

내가 졸업할 당시 경주에는 삼익중·고등학교가 생겼다. 엄마가 무슨 생각에서였는지 나에게 말했다. "자야 중학교 가야지." 어린 내가 대답했다. 아니 이렇게 대답한 것 같다는 생각이 든다. "오빠들도 안 갔는데 나도 안 간다."

내가 어릴 때 들은 이야기이다. 동네 사람들이 둘째 오빠를 보고 대학 나온 다른 아이들보다 났다고 했다. 나도 그런 소리를 많이 들은 기억이 난다. 그래서, 이 글을 쓰면서 오빠에게 전화를 걸어 물었다. "오빠는 수모리 동네 어디 중학교 나왔다는 소리를 들은 것 같은데, 진짜 나왔어요?" "그래, 나는 중학교 나왔다."

나는 이제야 알겠다. 둘째 오빠와 나이 차이가 열여섯 살이나 되니, 그때의 자세한 형편을 모를 수도 있었겠다 싶다. 내 친구들은 중학교에 거의 다 갔다. 나는 사실 부산에서 직장 다닐 때 야간 중학교에 다닌 적이 있다. 얼마 다니지 않아서 같이 있던 작은 오빠가 택시 운전을 했는데, 사고를 냈다. 그래서 나는 배움의 꿈을 접을 수밖에 없었다.

지금 사는 집으로 이사를 오고 보니 몇 집 건너 2층에 '늘 푸른 야간 학교'가 있었다. 그때 나는 낮에는 홈패션 일을 했다. 나는 2층 교실 문을 두드리고 들어갔다. 교장 선생님의 안내로 나는 밤에 중학교 공부를 하러 다녔다. 집에 와서도 그날 배운 공부를 복습해야 하는데 피곤하다 핑계로 하지 않았다. 사실 때를 놓친 공부를 혼자는 하기 어려웠다. 특히 영어와 수학이 그랬다. 다른 과목은 그리 어렵지 않았다.

야간 학교를 몇 개월 다니고서 중학 졸업 검정고시 시험을 보러 갔다. 영어와 수학은 어렵다. 아니, 모르겠다. 시험 발표가 났다. 역시나 영어와 수학 과목의 점수가 문제였다. 나는 잘할 자신이 없어졌다. 그래서 그만하게 되었다. 야학의 교장 선생님께서 찾아오셨다. “이번 시험을 다시 쳐 봐야지요”라고 하셨다. 나는 “공부도 안 했는데 안 됩니다” 하였다. 그러자 “영어, 수학을 빼고는 모두 점수가 많이 나와서 응시 접수하고 가기만 하여도 합격이 됩니다”라고 한다

나는 당시 졸업장이 그리 중요하지 않다고 생각했다. 그러나 교장 선생님께서 찾아와 이렇게까지 말씀하시니 어쩔 수 없이 가겠다고 대답을 했다. 그렇게 해서 중학교 졸업 검정고시 합격증을 받았다. 나는 내가 6년간 다녀 졸업한 초등학교가 나의 최종 학력이라는 생각을 한다. 그러나 중학교 졸업 검정고시 합격증을 받고 보니, 쓸 때도 있었다. 야간 학교의 교장 선생님같이 재능 나눔을 무료로 하시는 훌륭한 분들이 계셔서 배움의 시기를 놓친 사람들에게 등불이 되어 주셔서 너무나 감사하다. 그 어렵던 시절을 피해서 몇 년만 늦게 태어났어도 하는 생각이 자꾸만 든다.

그때는 그랬었지

옛날 일이다. 시골 처녀가 처음으로 서울에 가서 어떤 이불 가게에서 일할 때인데, 내게는 친구가 하나 있었다. 그 친구의 별명은 '꼬마'였다. 그는 까만 뿔테 안경을 쓰고 있었다. 그 무렵 내 나이는 스무 살이었다. 나는 아는 언니들을 따라 지하 계단을 내려가고 있었다. 계단이 끝나자 잔잔한 음악이 문밖에까지 흘러나오는 다방이었다. 나는 언니들을 따라 다방이라는 곳, 그 안으로 들어갔다.

다방 안에는 젊은 남녀가 재미있게 웃으며 이야기를 한다. 음악에 취한 얼굴들도 있다. 좌석도 단둘이 앉게 되어 있는데, 어떤 남녀는 앞에 놓인 찻잔만 만지작거리며 멋쩍은 듯 서로 시선을 마주하지 못한다. 또 한쪽 구석진 자리에서는 어떤 남자가 책을 보기도 한다. 나는 이런 곳은 태어나고는 처음이다. 모든 것이 낯설게 다가왔다.

나를 데리고 간 언니들은 몇 명의 남녀가 앉은 자리로 가더니, 마치 이전부터 몇 번이고 만나서 잘 아는 사이인 듯 반갑게 크게 웃는다. 언니들은 그들과 마주 보고 자리에 앉았다. 나도 그 옆에 소리 없이 앉았다. 한 언니가 나를 소개하며 그 남자 여자들에게 "이 동생은 경자라고 해. 잘 봐줘"라고 한다. 나는 수줍게 고개를 겨우 들고, "안녕하세요" 하고 인사를 하였다.

나는 그날 나눈 이야기들은 하나도 기억에 없다. 그런데 그들 중에 한 여자가 눈에 들어왔다. 맨 끝 쪽에 검은 뿔테 안경과 하얀 얼굴이 잘 어울리는 여자다. 그는 나처럼 키가 작았다. 하얀 블라우스 단추가 몇 개 풀어진 사이로 드러난 흰 목선이 곱다. 내 나이와 비슷한 또래로 보인다. 나는 그날 아무 말 없이 앉아만 있다가 언니들과 나왔다.

나는 언니들에게 물었다. "흰 블라우스에 검은 뿔테 안경을 쓴 여자는 나이가 어떻게 되어요?" " 아, 은령이 말이구나. 경자 너하고 같은 나이야. 스무 살!" 나는 가게 안에서 일만 하고 주인집에서 잠을 잤으니 바깥세상은 잘 몰랐다. 가게와 집만 왔다 갔다 했으니까. 건국대가 멀지 않은 화양동에 있는 이불 가게가 내 직장이었다.

그렇게 다방을 가 본 이후, 우리는 가끔 바깥출입을 했다. 지난번에 나를 데리고 나간 성격이 털털한 그 언니, 검은 뿔테 안경을 쓴 은령이, 이렇게 셋이 만나 밥 먹고, 영화 구경도 여러 번 하였다. 은령이는 건대 입구 가까이에 있는 브랜드

옷 전문점에서 일한다. 우리는 일주일 한번 쉬는 날을 같이 모이는 날로 정하여 놀았다. 은령이 친구의 웃는 모습은 살포시 피어나는 꽃처럼 아름다웠다. 그의 미소는 지금 나에게 아련한 여운으로 남아있다. 나는 은령에게 정이 많이 들었다. 은령이도 나와 마찬가지라고 하였다.

추석이 되어서 경주로 내려온 나는 다시 서울에 올라가지 않고, 올케언니 소개로 경주에 있는 한 예식장에 취직하였다. 그때는 전화가 귀하던 시절이었다. 우리 집은 물론이고 동네에도 전화가 없었다. 나는 꼬마라는 별명으로 불리던 그 은령이가 보고 싶었다. 그의 뺄대 안경도 보고 싶고, 그 목소리도 듣고 싶었다. 그럴 때면 우체국으로 가서 시외 전화를 걸었다. 두 주정도 간격으로 나는 우체국으로 향했다. 그 무렵 우리 집은 경주 코오롱 호텔 뒤가 바라다보이는 곳, 경주 불국사 '마동'이라는 동네로 이사를 왔다. 우리 동네에서 30분 정도 거리에는 불국사 절이 있었다.

두 주가 금방 지나갔다. 오늘은 우체국에 전화하러 가는 날이다. 나는 보고 싶은 은령이와 전화를 할 수 있다는 사실에 설레는 마음을 안고 경주 시내로 나가는 버스를 탔다. 그와 전화하러 가는 길, 그날의 풍경은 여느 때와는 다르다. 저수지가 있는 동네로 이어진 작은 논에는 물이 가득 차 있다. 겨우내 굳어진 논바닥을 갈아엎고 모내기하려고 논에 잡아놓은 물이다. 그 물 위에 바람이 잔잔한 물결을 그리며 지나간다. 동네를 둘러싼 봄은 연둣빛으로 물들어 간다. 내 마음도 연둣빛이다. 버스를 타고 달리는 창밖 풍경들이 유난히 아름답다.

경주 시내에 도착하여 버스에서 내리면 길 건너편에 우체국 있다. 나는 우체국 계단을 단숨에 뛰어 올라가서 무거운 우체국 문을 쑥 밀고 들어간다. 우체국에 문이 열리면 내가 제일 먼저 가서 전화 신청을 하리라 생각한다. 그런데 벌써 전화박스에는 먼저 온 사람이 들어가 전화를 하고 있다. 전화박스 안에서 통화하고 있는 문밖에는 사람들이 줄을 서서 대기한다. 안에서 통화하는 소리가 들리지 않게 몇 발자국 떨어져서 대기 줄에 서 있는 것이다.

전화는 두 대였다. 나도 우체국 직원에게 전화번호를 적어서 밀어 넣었다. 직원은 먼저 와서 줄을 서 있는 곳을 가리키며, 저기 가서 기다리라고 손짓으로 말한다. 나는 전화 순서를 기다리는 동안 온갖 생각이 다 든다. 은령이가 전화를 받지 못

하면 어떻게 하지? 통화가 연결되면 무슨 말부터 할까? 아니, 은령은 내게 무슨 말을 해 줄까? 미리 온갖 생각을 한다.

앞에 선 줄이 하나둘 줄어든다. 좋아하는 은령이 목소리를 들을 수 있다는 것만으로 서울과 경주가 부쩍 가까워진 느낌이다. 실제로 서울과 경주는 멀었다. 그때는 고속버스로 다닐 때인데, 5시간은 걸렸다. 그 거리를 단숨에 건너뛰고 싶기도 했다. 그래서 전화로 목소리를 들으면 마치 곁에 있는 듯했다. 우리 집에 전화가 없어서 나는 우체국으로 나온 것이다. 전화가 없는 집에서는 우체국에까지 가야만 전화를 할 수 있었다. 지금 같으면 손에 전화기를 들고 사는 세상이 아닌가. 서울로 전화가 연결되면 그때는 왜 그렇게 가슴 설레었는지 모른다. 은령은 차분하고 조용하게 말을 하는 편이다. 나도 그 앞에서는 그를 따라 하게 되었다.

드디어 우체국 직원이 나누어준 내 번호를 부르며 "몇 번 손님 전화를 받으세요" 한다. 나는 얼른 전화박스 문을 열고 들어가 수화기를 귀에 대었다. 뚜르륵 뚜르륵 신호가 간다. 그 몇 초 동안 내 머릿속은 이미 "여보세요" 하는 서울 말씨를 쓰는 은령의 목소리가 들리는 듯하였다. 지금은 추억 속 저 너머로 사라진 우체국 전화 풍경이다.

이 글을 다듬으면서 그 당시 우체국 전화에 대해서 더 분명하게 확인해 보고 싶은 것이 생겼다. 우체국에 가서 전화할 수밖에 없었나? 나는 친정 오빠에게 전화를 걸었다. "오빠, 옛날에는 우체국에 가서 시외 전화를 걸었어요" 하고 물었다. "그래, 그때는 경주 성동시장 건너편에 있는 우체국 안에 시외 전화를 할 수 있는 전화국이 있었다. 그래, 네 말이 맞다" 하셨다. 지금은 사라져서 그립고 아쉬운 것들은 추억 안에서 살아 있다. 그때는 그랬었지.

3. 남기고 싶은 이야기

시집오던 그때

시집갈 때를 생각해 보니, 남겨 두고 싶은 소소한 이야기가 소복이 있다. 우리는 전형적인 중매 결혼이었다. 결혼한 내 언니가 사는 동네에 한 아주머니가 있었는데, 이분이 내 남편이 될 사람을 언니에게 소개했다. 물론 언니는 나를 그 아주머니에게 소개하였다. 그래서 혼인이 이루어진 것이다. 내가 결혼식을 올린 예식장은 내가 마지막 근무를 한 곳이고, 그 예식장은 내가 마지막으로 예식을 올리게 되었다. 그날이 1984년 1월 10일이다.

구미시 선산읍 옥성면 산촌동 501번지, 이 주소에 내 시부모님께서 사신다. 오늘부터 나의 시댁이 되는 곳이다. 하늘 아래 첫 동네라 할 수 있는 이 동네는 남씨 성을 가진 사람들이 모여 사는 집성촌이다.

경주에서 결혼식을 하고, 그 시댁 시집으로 차를 타고 갔다. 우리가 탄 차에는 친정 둘째 오빠 내외, 작은집 큰오빠, 고모네 집 큰오빠가 함께 탔다. 그리고 형부가 모는 트럭에는 언니가 타고, 어린 조카는 형부가 운전하는 자리 앞에 탔다. 트럭에는 장롱을 싣고, 온갖 살림살이 도구를 실었다. 물론

이바지 음식 등도 실었다.

친정 부모님을 뒤로하고 차는 시집으로 출발하였다. 나는 마음을 차분히 정돈하였다. 나 하기에 달렸다. 내가 잘하면, 잘 살아갈 수 있으리라. 마음을 굳게 먹었다. 선산은 멀었다. 어찌나 멀던지 선산에 가까워질 때는 우리 모두 지쳐갔다. 선산으로 시집을 간다고 하였으나, 어디쯤이 선산인지는 차에 있는 나로서는 알기 어려웠다.

구미를 지나 나지막한 집과 상가 건물들이 차창을 스쳐 지나갔다. 우리를 태운 차가 조용한 선산읍으로 들어섰다. 이제 우리는 다 왔나 보다 하고 생각했다. 그러나 웬걸 차는 선산읍에 멈추지 않고 시골길을 달리고 있었다. 이제는 집들이 몇 채씩 떨어져 간간 보일 뿐이다. 커다란 저수지가 보인다. 대원 저수지였다.

여기서 다시 꼬부라진 오르막길을 한참을 더 올라 마침내 산꼭대기 길 위에 이르렀다. 귀가 뻥 뚫어졌다. 차를 세웠다. 나중에 알고 보니 이곳은 행정 구역으로는 상주 땅이었고, '서거실'이라는 마을 입구였다. 우리는 좀 쉬어 가기로 하였다.

형부는 트럭으로 여기저기 다니며 짐을 실어 나르는 일을 했는데, 차에서 내리며 어디까지 가야 하는가 하고 신랑에게 물었다. 신랑은 “이제 조금만 더 가면 됩니다”라고 한다. 형부는 “여기도 해가 뜨나” 하고 신랑에게 물었다. 우리 일행은 차에 갇혀 웅크린 몸을 펴고 기지개하듯 비틀면서 형부의 입을 쳐다보며 눈물을 찔끔거릴 정도로 한바탕 시원하게 웃었다.

시집 동네 입구로 차가 들어섰다. 산꼭대기 동네인데도 아늑하게 느껴졌다. 집들은 그 모습이 여러 가지였다. 텃밭을 거쳐 대문 안으로 들어가는 집, 파란 대문이나 붉은 대문이 있는 집, 아예 대문이 없는 집도 있었다. 시댁 앞 마른 논에는 이미 차들이 들어가 서 있다. 텃밭도 대문도 없고 골목길에서 바로 들어가는 집이 시집이다.

대문 앞에서 올케언니와 나는 잠시 걸음을 멈추었다. 올케언니는 내 팔에 팔짱을 꼭 끼고 들어 오라고 할 때까지 기다렸다. 시어머님께서 짚단에 불을 붙이고 계셨기 때문이다. 시어머님은 나에게 불붙은 짚단을 타 넘고 오라는 손짓을 하셨다. 그 시절 시골 동네에서는 새색시가 시집오는 날이 진짜 잔칫날이었다. 웬 산꼭대기 마을에 이렇게 많은 사람이 살고 있나 싶을 정도로 많은 사람이 몰려와 집안이 북적였다.

친정에서 준비해간 이바지 음식과 시집에서 준비한 잔치 음식으로 큰 상에 음식이 한 상 가득 차려져 나왔다. 큰방 아랫목에는 시아버님과 시어머님께서 들어와 앉아 계시고, 집성촌 마을 사람들과 친척들이 방 안과 바깥으로 빙 둘러서 있다. 새색시인 나에게로 시선이 몰려오는 듯하였다.

시어른들께 큰절을 먼저 올리고, 이어서 친척 어른들께 절을 올렸다. 큰집, 작은집 등을 포함해서 절 받을 친척들이 많았다. 온 동네가 친척이라 절하는 시간이 길었다. 오늘 잔치의 주인공 새색시인 내 앞으로 따로 한 상이 차려져 나왔다. 가장 인상적인 음식은 콩나물에 볶은 콩고물을 묻힌 음식이었다. 방 안에 있는 친척들은 이 음식을 '콩나물질금'이라며 모두 맛있게 먹는다. 나는 콩나물을 콩가루에 묻혀서 먹는 건 처음이라서 낯설게 느껴졌다.

그리고 상을 받으면 국이 놓여야 하는데, 그 자리에 국 대신 다른 것이 나왔다. 묵을 채로 썰어서 그 위에 고명을 얹어서 먹는 '묵채'가 나온 것이다. 나는 한번 숟가락을 넣은 음식이라서 남기지 말아야 한다. 자칫 그걸로 새색시 흉잡힐까 염려하여 억지로 다 먹느라 다른 음식들은 먹은 기억이 나질 않는다.

시댁 작은집 아저씨께서는 내 절을 받으시면서, 옆에 앉은 시아버지께 이렇게 말씀하신다. "며느리 키가 작다고 하더니만 이만하면 괜찮구마는 그러시네요." 그때 시아버지께서는 작은집 아저씨 허벅지를 쿡 찔렀다고 한다. 이 이야기는 그 이후에 시어머님께서 웃으며 말씀해 주셨다.

우리는 아직 살림집을 구하기 전이었고, 신랑은 김천에서 직장을 다니며 며칠 만에 한 번씩 왔다 갔다 하였다. 나는 시어른들과 살면서 이 신혼의 생활이 새롭기도 하고 재미있기도 하였다. 시어머님은 새벽에는 며느리가 깨지 않을까 조용히 문고리를 잡고 방문을 밀고 부엌으로 나가신다. 그럴 때는 새벽 찬 바람이 먼저 방안을 밀고 들어왔다. 시어머님께서 부엌에 들어가 불을 지폈다. 방문에 불빛이 따뜻하게 비쳐 들었다. 나는 그 시간 이불 밑이 따뜻해져 와서 다시 잠이 사르르 들기도 하였다. 따뜻한 이불 밑을 놓아두고 일어나야 할 때가 제일 싫었다. 무쇠솥에 물이 끓으면 그때 나가서 그 물로 세수하고, 아침밥을 준비했다.

처음에 시어른들 밥상은 밤색 옻칠을 입힌 좀 무거운 상이었다. 친정엄마가 시부모님 밥상 차릴 때 올리라고 해 주신 육고기와 바닷고기, 그리고 밑반찬을 차려내었다. 내가 쟁반에 밥과 국을 놓고 먹으려고 하면 시부모님은 내 밥과 국그릇을 상 위에 올려놓고, “너도 이리로 당겨 앉아 밥 먹어라” 라고 하시는 것이었다. 나는 그렇지만 얼른 내 밥과 국그릇을 쟁반에 다시 내려놓고 먹었다. 그래야 내 마음이 편하였다. 몇 날을 그렇게 하다가 내가 무거운 밥상을 들고 안채 부엌에서 사랑방으로 다니는 걸 보시고 시어른들께서는 양은상으로 바꾸어 주셨다. 들고 다니기에 가볍고 편리하였다. 계속해서 시어른들께서는 "너도 밥을 상 위에 올려놓고 먹어라"고 하셨다. 어느 때부터인가 나도 이제는 어른들과 함께 밥그릇을 상 위에 올려놓고 먹었다.

시아버님은 아침 일찍 일어나는 새가 모이를 더 먹는다는 말씀을 자주 하셨다. 나는 속으로 맞는 말씀이라 생각했다. 겨울이라 농사일 나가는 사람도 없는데, 꼭 일찍 밥을 먹어야 하나 싶기도 하였지만, 나도 일찍 일어나 어머님과 부엌에서 세 식구 밥을 하였다. 밥은 꼭 큰 무쇠솥에 하였다. 역시나 그게 제대로 하는 밥이었다. 그렇게 나무로 불을 때어서 무쇠솥에 하는 밥이 맛있었다.

식사 때, 부모님들이 밥그릇의 밥을 반 이상 드시면 나는 부엌으로 얼른 나가서 솥에 남은 밥을 푸고, 누룽지가 남아 있는 무쇠솥 바닥에 쌀뜨물을 붓고 솥뚜껑을 덮는다. 그리고 바글바글 끓을 때까지 불을 지핀다. 솥 안에 쌀뜨물이 끓으면 솥뚜껑을 열어놓고, 뜨물이 줄어들어 자작자작 소리가 나기를 기다려 큰 나무 주걱으로 무쇠솥 바닥을 문지른다. 다시 쌀뜨물을 두 대접 정도 더 넣고 바글바글 끓이기를 여러 번 반복한다. 그러면 누룽지와 숭늉이 뽀얀 수프(soup)처럼 부드럽고 구수해진다. 정성을 다하여 끓여내는 숭늉을 시부모님께 드리면 "아이구, 좋구나. 숭늉 끓인다고 부엌에 다시 나갔구나" 하신다.

밥을 고봉으로 드시고도 진하고 부드러운 숭늉을 큰 대접에 한 그릇씩 더 드신다. 아버님께서는 드시는 내내 흐뭇해하시며 "너는 어째 이래 맛있게 하노"라며 연신 칭찬을 해주신다. 어머님께서도 기분이 좋으시다. "나는 귀찮아서도 못 하는데, 쌀뜨물 숭늉을 참 잘도 만들었다. 요즘 나는 편하게 안에서 네가 해 주는 밥 먹으니 참 좋다." 동네 친척 어른들은 나를 보면 "자네는 숭늉을 그렇게 잘 끓인다며? 이 사람아! 무쇠솥 바닥 다 닳아서 뚫어지겠다." 나는 이런 칭찬을 들을 때는 마음속 어깨가 으쓱하게 올라갔다.

그렇게 시집에서 25일을 지내고 김천으로 와서 신혼 살림집을 구했다. 김천 언니 집이 내려다보이는 부엌문도 없는 작은 방에서 신혼살림을 시작했다. 시부모님께서는 작은 전세방을 얻으라고 말씀은 하셨지만, 막상 적은 돈으로 전세방을 얻으려니 마땅한 방이 없기도 하였고, 다음에 방을 옮길 때 그때 시부모님 도움을 받을 수 있으리라 믿고 열 달 사글세로 15만원 짜리 방을 얻은 것이다. 그때가 1984년 2월이었다.

그런데 선산 시집에 있을 때 집에 들른 남편의 손가락에 반지가 보이질 않았다. 어떻게 하였느냐고 묻자, 일하는 숙소에 있다고 한다. 조금 의심이 들었다. 그다음에 왔을 때, 남편은 사실을 털어놓고 이실직고(以實直告)하였다. 결혼 전에 빌린 돈이 있었는데 갚아야 해서 그랬다며 뒷말을 흐렸다 그러면서 돈이 더 필요하다기에 나는 시집올 때 가져온 내 돈까지 다 내어 주었다.

15만 원짜리 사글세는 3개월 정도 살고 나니 5만 원이 사그라지고 10만 원이 남았다. 새로 구미로 이사한 집은 사글세 30만 원이다. 20만 원이 부족하였다. 나는 결혼을 하고 빨리 아기를 가졌다. 그래서 직장에 나갈 수도 없고, 시집에만 자주 다녔다. 이날도 나는 물 논에 나가서 모를 찌고(못자리 묘판의 모종 모를 논에 심기 위해 뽑아서 묶는 일) 묘판에서 일하고 있는데, 작은집 아짐매(아주머니)가 들에 나가다가 나를 보고는 한마디 하신다. "자네는 내년부터 동네 품앗이 일도 하겠네." 농사일을 잘한다는 뜻이다. 우리는 하던 일을 멈추고 허리를 펴고 마주 보며 한바탕 크게 웃었다. 시어머님이 그 아짐매를 쳐다보며 자랑 겸 말씀하신다. "그래 말이라요. 야가 친정에서도 안 해 봤다는데 이래 잘하네요."

오후 4시쯤 되어서 나는 시아버님께 "내일 구미 이사한 집 주인에게 줄 돈이 20만 원이 부족한데요. 아버님, 돈 좀 빌려주세요" 하고 말씀드렸다. 시아버지께서는 "돈이 갑자기 어디 있노"라고 하셨다. 나는 돈 이야기를 꺼내기까지 얼마나 많이 고민하고 얼마나 망설이다가 겨우 말씀을 드렸는데, 잠시 생각도 하시질 않고 바로 거절하셨다.

내가 알기로는 아버님께서는 분명히 돈이 늘 있을 분이셨다. 왜냐하면, 동네 사람들은 아버님을 통하여 돈이 오고 간다고들 했다. 시부모님 두 분 다 그런 이야기를 하셨다. 또 다른 사람들과 돈거래 하시는 걸 나는 보기도 했었기 때문이다. 그리고 결혼 전에 슈퍼마켓을 차려주신다고도 하셨다. 나는 시아버님께 섭섭함이 너무나 컸다. 들에서 하던 일을 멈추고 부리나케 집으로 오는데, 어머님도 뒤에 따라오신다. 오늘 전기세를 작은집 아주버님에게 맡겨야 되어서 집으로 가신다고 하였다.

나는 대충 씻고 사랑방에서 옷을 갈아입고 있는데, 어머님께서 텔레비전 위에 큰아들 결혼사진이 들어 있는 사진 액자를 만지작거리신다. 그랬더니 갑자기 일만 원짜리 시퍼런 지폐가 내 눈앞에 줄지어 떨어진다. 나는 돈이 방바닥에 떨어지기 무섭게 어머님께 이렇게 말하였다. "어머니, 돈 있네요?" 어머님은 당황하셨는지 내게 이렇게 말씀하셨다. "난 모른다. 돈은 너희 시아버지가 안다." 나는 아무런 말도 하지 못하고 또 눈물을 삼켰다. 조금 전 들에서 "갑자기 돈이 어디 있노"라고 하셨던 시아버님은 내가 논에서 걸어 나오는데 뒤에서 "내일 아침 선산에서 10시 차로는 들어 오이라" 하셨다. 일찍 와서 농사일을 도우라는 말씀이시다. 나는 어른들 몰래 눈물을 삼켰다.

저녁 6시에 동네 들어오는 버스가 도착하기 전에 우리 집에 가져갈 쌀, 상추, 파 등을 준비해서 양손에 들고 차 타는 곳으로 가야만 했다. 그 버스를 타고 바고 곧 나가야 하기 때문이다. 어머님도 나와 같이 차 타는 곳까지 나오셨다. 동네 사람들도 몇이 차 오기를 기다리고 있었다. 내가 들고나온 짐을 보던 한 사람이 어머님께 뭘 저리 봉지 봉지에 쌌느냐고 물었다. 어머님께서는 쌀하고 나물하고 싸서 들려 보낸다고 하신다. 그랬더니 동네 사람들이 말한다. 아짐매, 쌀을 푸대로 한 푸대씩 줄 것이지 며느리 힘들게 저게 뭐꼬 하였다. 어머님은 흐흐 웃으시며 조금씩 가져가야 자주 오지 하셨다. 나는 그저 웃었다.

지금 이 버스로 시댁 마을을 출발하면, 7시나 되어야 선산에 도착한다. 거기서 또 구미로 가는 버스를 타고 구미에 도착하면 8시가 넘을 것이다. 내일 아침 김천 언니 집에 가서 모자라는 돈 20만 원을 빌려서 다시 구미로 와서 구미의 집 주인에게 돈을 전하고, 다시 시아버지가 들어오라고 하신 시집으로 들어가야 하였다. 이튿날 나는 일찍 언니 집으로 가서 돈을 빌려 구미 집 주인에게 전했다. 어제 시부모님께 섭섭했던 마음은 어디론가 가고 없었다. 내 발길은 시집으로 방향을 잡고 걸어가고 있었다.

선산에서 시집이 있는 산촌으로 가는 차는 아침과 저녁에만 다닌다. 선산에서 출발하여 용포로 넘어가는 삼거리에서 버스에 내리면 거기서 시집 동네까지는 빨리 걸으면은 한 시간 정도 걸려야 갈 수 있는 거리다. 그때는 홑몸이 아니었다. 큰아이를 가졌을 때이었다. 나는 시어른들께 힘들다는 걸 보이지 않으려고, 아무렇지도 않은 듯 두 시쯤 시집에 도착하여 일할 옷을 갈아입고 바로 들로 나갔다.

남편은 6남매 중 둘째다. 아버님께서 돌아가시기 몇 달 전, 그해 설 명절 때 이야기다. 아버님은 코 내부에서 생긴 혹이 밀려 나와 방에 비릿한 냄새가 났다. 평소 같으면 아버님 이야기가 길어져서 끝날 줄 모를 때도 나는 말씀을 끝까지 잘 들어 드렸었다. 그런데 이날은 이상하게 방에 들어가기가 꺼려졌다. 나는 아버님이 가족들에게 정을 떼려고 그런다고 생각하니 아버님과 같이 있는 걸 피하고 싶었다. 그날 아버님께서는 김천 며느리가 들어와 이야기도 안 하니 섭섭하다고 어머님께 이야기하셨다고 한다. 아버님은 앉으면 동네 사람들에게 김천 며느리 자랑을 하신다고 막내동서가 "형님은 좋겠어요"라고 하였다. 아버님을 생각하면 지금도 그때가 마음에 자꾸만 걸린다.

시집 올 때 부산에 계시는 큰 시숙은 부인(나의 동서 형님)과 자녀(나의 조카)들을 두고, 돈을 벌려고 사우디아라비아로 가시고 국내에 안 계셨다. 한 2년 정도 되었을 때 시숙이 사우디에서 귀국하셨다. 제사나 명절에 부산 큰집에 가면 시숙과 큰 시동생은 김천 형수 온다고 바닷가에 나가서 회를 떠왔다. 저녁이 되면 나를 데리고 나갔다. 김천 형수는 맨날 집에서 나가지도 못한다며 꼭 바닷가 구경을 시켜 주었다.

시숙은 건축업을 하였다. 다음 날에 시숙 밑에서 일하시는 분들이 집에 오시면 나를 반갑게 대한다. “아이고, 김천 제수지요? 남 사장님이 어찌나 김천 제수씨 자랑을 하는지요. 저희도 참 반갑습니다. 남 사장에게 구경 많이 시켜 달라고 하여 잘 놀다가 가세요.” 이런 식으로 말하는 것이었다.

큰 시동생은 배려가 깊었다. 시집에는 없었던 가스레인지를 넣어 주었다. 나중에 알았지만, 큰 시동생은 내 생각을 많이 해 주었다. 동서가 내게 말한다. 형님, 준상이 아빠가 맨날 형님 애먹는다고 걱정을 많이 합니다. 그래서 가스레인지 넣어드렸잖아요. 아, 그렇구나. 그런 뜻이 있었구나. 시동생들은 옥성면에서는 우리 형수님 같은 사람 없다며 남들에게 자랑한다. 요즘도 시동생 친구들이 내 가게로 오는데, 나를 친형수 대하듯 한다. 막내 시동생은 우리 집에서 같이 살기도 하며 내가 힘들 때 많은 힘을 주기도 하였다. 그래서 내가 의지도 되었다. 동서들에게 좋은 본을 보여야 하는데 그렇지 못하여 늘 미안한 마음이다.

어머님은 동네 회관에 나가서 놀다가 보면, 누구는 딸이 해준 반지를 자랑한다며 회관에서 있었던 이야기를 내게 모두 다 하셨다. 나는 금반지 금목걸이를 지니지 못했지만, 마음만 먹으면 할 수 있었다. 내가 어머님 목걸이 팔찌를 해 드렸을 때, 형님이 내게 전화를 하셨다. 형님에게 의논을 좀 해 주지 하는 마음이셨던 것 같다. 지금은 형님 마음이 이해된다.

나를 조선에 없는 '김천 며느리'로 여기시던 우리 어머님은 표현이 좀 서툴러서 그렇지 나에게는 참 좋은 분이셨다. 지금은 치매가 와서 요양원에 계신다. 나를 알아보고 김천 며느리인가 하시며 "집에 찰밥 해놓았는데, 밥 먹고 오지 와"라는 말씀을 몇이나 하셨다. 표준말로 풀이하면 이런 뜻이다. "집에 찰밥 해 놓았는데, 밥 먹고 오지, 왜 그러지 않구선."

이웃사촌 틈에서 아이들 낳고

첫아이 낳을 예정일이 다가와 김천 언니 집으로 왔다. 1984년 10월 8일, 저녁때가 다가오는데 배가 살살 아파오기 시작한다. 그냥 아픈 배가 아니었다. "언니, 오늘 밤에 아기가 나올 것 같아." 내가 말하자 언니는 미리 사 두었던 산모 미역을 물에 불리고 병원에 가져갈 아기 옷이며 기저귀, 보드라운 아기 보자기 등을 미리 준비해 마루로 내어놓았다.

동네의 언니 친구들이 이렇게 말한다. "조금 아프다고 병원에 미리 가면 혼자서 애만 먹는다. 아기는 아플 만큼 아파야 나온다. 그러니 병원에는 통증이 자주 오면 그때 가라." 언니와 나는 남편에게 빨리 오라고 전화를 몇 번이고 하였다. 그런데도 알았다고만 한다. 동네 사람들이 이젠 빨리 병원에 가야 한다고 말한다. 그때 남편은 술에 취해 얼굴이 벌겋게 되어서 집에 들어와 배를 안고 아파하는 나를 보고는 당황하는 모습이 보였다.

그때는 콜택시가 없었다. 호랑이 절(김천시 남산동에 있는 사찰 정심사를 이렇게도 불렀다) 밑에 언니 집이 있는데, 거기서부터 남산만큼 부른 배를 끌어안고 남산동 새마을금고 앞까지는 어떻게 내려왔는지 생각이 나질 않는다. 거기서부터 경찰서 옆 주유소까지 걸어 나오는데, 길에서 지나가는 사람들이 나를 쳐다본다. 나는 창피한 줄도 모르고 배를 잡고 주저앉았다가 또 몇 발짝 걷다가 하였지만, 남편에게 업힐 수도 없었다. 배가 불러 남편에 등에 업히면 아기가 눌릴 것 같았다. 겨우 기어가다시피 하여 주유소까지 와서 시멘트로 만든 화단에 기대어 땅바닥에 앉아 택시를 기다렸다가 그걸 타고서 병원으로 갔다.

병원 문을 열고 들어서니 바로 분만실로 나를 데리고 간다. 나는 화장실에 가는 게 더 급하였다. 아랫배에 힘이 자꾸 들어가서 아기가 금방 나올 것만 같았다. 이러다 화장실에서 아기를 낳는 게 아닌가 걱정이 되었다. 분만실로 돌아와 간호사 선생님이 시키는 대로 몇 번의 힘을 주는 순간에 큰아이가 세상과 마주하는 신고식을 울음으로 알렸다. 1984년 10월 8일 밤 11시 20분, '김태홍 산부인과'에서 큰아들이 태어났다.

그때 언니가 끓여준 소고기미역국은 지금까지도 최고의 맛이었다. 언니가 큰 스테인레스 양재기에 한가득 미역국을 떠 주면 마파람에 게 눈 감추듯 뚝딱 비웠다. 얼굴이 하얗고 눈이 큰 우리 아기는 순하기도 하여 동네 사람들이 미국 아이처럼 생겨 귀엽다고 이집 저집 데리고 가서 아이를 봐주었다.

호랑이 절 아래 우리 집에서 몇 집을 지나면 '과하주 샘'(김천의 명물 특산인 과하주를 담글 때 그 샘물을 사용한다는 이야기를 지닌 샘)이 있다. 그때는 동네에 상수도가 들어오지 않은 때이어서 이웃들은 과하주 샘에 가서 물을 길어 왔다. 우리는 집에 지하수 샘이 있었는데 철분이 많았다. 아기들 흰 기저귀를 이 물로 삶으면 누렇게 물들어 있었다.

동네는 대체로 가난한 집들이 많았다. 우리 집은 시집에서 양식을 갖다 먹으니 양식 걱정은 없었지만, 양식을 걱정하는 집들도 있었다. 동네 사람들은 이런 이야기를 하곤 했다. 아무개의 집에는 대문이 잠기면, 그 집은 식구들이 다 모여서 맛있는 음식을 만들어 먹을 때이다. 그만큼 먹는 것이 모자라 동네 사람들이 예민해 있던 시절이었다.

우리 집 밑의 집은 대덕면 감주 골짜기에서 이사를 나와 사는 집이다. 딸 넷에 아들 둘이다. 그 집 여름 저녁 준비하는 풍경을 이야기하려고 한다. 키가 좀 작은 아저씨는 법이 없어도 살 것처럼 부지런하고 점잖으셨다. 아지매는 눈매는 좀 매섭게 생겼지만 보기와는 다르게 참 좋은 사람이었다. 어려운 살림이었지만 저녁때가 되면 엄마와 딸 들은 반찬 준비를 하느라 분주하였다. 석유곤로 위에 큰 프라이팬을 얹고, 그 위에 콩기름을 두르고, 다시 그 위에 하얀 감자를 채로 썰어서 넣고 볶다가 다 익어 갈 즈음에 양파와 빨강 파랑 풋고추를 썰어서 넣고, 조금 더 볶으면 맛있는 감자볶음이 뚝딱 만들어져 나왔다. 식구가 많아서 두 번을 만들었던 것 같다.

또 호박잎으로 반찬을 만들 때는 이렇게 한다. 호박잎은 잎줄기서부터 까칠까칠한 껍질을 벗겨서 깻잎과 함께 찐다. 마당 한쪽 모퉁이에 불 때는 아궁이가 만들어져 있는데, 거기에 솥을 걸고 솥 안에 채반을 깔고 호박잎과 깻잎을 함께 쪄낸다. 이렇게 쪄낸 호박잎과 깻잎은 풋고추 장물을 만들어 먹어야 제맛이 난다며 풋고추를 십자로 길게 칼집을 넣어 쫑쫑 다져서 먼저 멸치를 넣고, 비린내를 없애기 위해 볶다가 풋고추를 넣고 다시 더 볶다 물 간장 마늘 등을 넣고 국물이 자작하도록 졸인다. 얼마나 맛있게 되는지 아는 사람은 안다.

담장이 있어도 전 부치는 냄새는 막을 수가 없다. 온 동네에 고소한 기름 냄새가 진동하였을 터인데 울도 담도 없는 집이니 오가는 동네 사람들은 그 집에 뭘 해서 저녁을 먹는지 다 알 수가 있었다. 깻잎은 전을 부쳐 먹어 보았지만, 고구마 잎으로 전을 부치는 것은 처음이다. 고구마 잎전은 잎이 매끄러워서 그런지 조금 쫀득할 뿐 특별한 향은 나질 않았다. 그래도 그때는 반찬 재료가 부족하여 먹었던 것 같다. 국물 반찬은 오이냉국을 제일 많이 했던 것 같다. 미역냉국이나 가지냉국을 많이 해 먹었고, 감자와 호박, 두부를 넣은 된장국을 끓였다. 그때는 이미 전기밥솥이 있어서 그 덕분에 밥은 쉽게 하였다.

좀 가난해 보이긴 해도 그 집의 대가족이 모여 저녁 준비를 함께하는 모습은 정겹고 아름답다. 좁은 마당에 자리를 깔고,

큰상 두 개를 붙여 상 위에는 비록 생선이나 고기가 없어도 고향 대덕 감주에서 농사를 지어 가져온 나물들로 풍성한 저녁상이 차려졌다. 나도 가끔은 그 집 가족들 사이에 끼어 앉아 저녁밥을 얻어먹기도 하였다. 식구가 많아도 큰 소리 나지 않고, 오손도손 잘 사는 좋은 가족들로 내 기억에 살아 있다. 특히 그 집 셋째딸 옥경이는 나의 언니가 경주로 이사 가기 전에는 언니네 아이들(나의 조카들)을 많이 봐주었고, 우리 아이들도 많이 업어 주기도 하였었다. 인정의 기억은 고맙게 오래 남는다.

나의 큰아이와 작은아이는 딱 두 살 터울이다. 큰아이가 태어나 일 년이 되었을 때 큰아이는 젖을 떼었다. 이때 바로 둘째가 생겼다. 큰아이 태몽은 이러하다. 내가 결혼 전 예식장에 근무할 때, 예식장에 딸린 미용실에 할머니가 있었는데 그 할머니가 내 꿈에 나타난 데에서 시작한다. 길 저편 언덕에서 할머니가 나를 향해서 마주 보며 걸어오고 있었다. 할머니는 나와 몇 발짝 거리를 두고서 치마폭에 싸 온 인물이 좋은 알밤을 내게로 휙 던지시며 말한다. "아나! 이거 받고 아들 낳아라." 순간 나는 붉고 토실한 알밤을 받으며 꿈에서 깨어났다. 큰아들의 태몽이었다.

둘째 아들을 가졌을 때의 태몽은 이렇다. 긴 방천(防川) 둑

아래로 물이 맑게 흐르는 도랑이 있었다. 그 도랑에 내가 들어가 작은 물고기들을 잡기도 하고, 반짝이는 액세서리들을 많이 건져 내었다. 깨어 보니 꿈이었다. 나는 둘째가 딸일 거란 생각을 하였다.

큰아들은 욕심이 없는 건지, 어릴 때부터 준수(동생) 좋은 옷 사주라고 하더니 지금도 준수가 일을 많이 하고 집에 가서 아이들 보느라 잠도 못 자서 피곤하다고 하면, 저러다 동생이 죽겠다고 한다. 형이라서 그런지 동생에게 베푸는 품이 넓다. 작은아들은 어릴 때 형 심부름도 잘하고 형이 시키는 대로 잘 맞추어 주는 것 같다.

내가 평화동 신한은행 옆에서 홈패션을 할 때 자주 있었던 일이다. 저녁에 가게 문 닫는 시간이 되면, 아직 어린 아들 둘이 서로 손잡고 집에서 내려와 엄마 힘들다고 가게 셔터는 아이들이 내리고 집으로 갔다. 나는 그 순간들이 행복하였다. 그 때를 떠올리면 지금도 눈물이 난다. 내가 정말 두 아들에게서 고마운 마음이 드는 것은 어릴 때부터 지금까지 단 한 번도 서로 싸운 적 없고, 술 담배로 걱정하게 하는 일이 없다는 것이다. 아들이지만 너무나 감사하다.

둘째는 집에서 낳았다. 큰아이 낳을 때, 병원에 가서 쉽게 낳아 보았으니 집에서 낳아도 되겠다고 생각하였다. 동네 아지매들에게 내가 미리 도와 달라고 하면 도와줄 테고, 아기를 낳을 때 들어가는 병원비도 아끼겠다고 생각하였다. 출산 예정일 저녁때부터 미리 출산 준비물을 챙겨 두었다. 아기 옷과 이불, 베개, 탯줄을 자를 가위, 탯줄을 묶을 끈과 흰 실수건 몇 장, 아기 씻을 플라스틱 대야 등을 준비해 놓았다.

내일 새벽쯤에는 아기가 나올 것 같아서 미역국 채비도 해 두었다. 시어머님께서 싸 주신 산모 미역과 직접 농사지어 수확한 참깨와 들깨로 기름을 짜 두었다. 시어머님은 미역국에 들어갈 들깨 기피 가루도 기름 방앗간에 가서 내어 주셨다. 미역을 불려 두고 참기름을 넉넉하게 두르고, 불린 미역을 넣어 뒤적이다가 뽀얀 국물이 나오면 물을 붓고 끓이다가, 들깨 기피를 넣고 펄펄 끓여놓았다.

이날 저녁 남편은 일을 마치고 바로 집으로 왔다. 나는 미리 잠을 자두려고 밤 11시쯤에 잠자리에 들었는데, 한두 시간쯤 자다가 배가 아파서 잠에서 깨었다. 새벽 4시쯤 되었을까. 미리 부탁해 놓은 산파 아지매 두 사람이 왔다. “준희 어마이, 아직 멀었나” 하면서 부엌으로 들어와 부엌 방문을 열고 얼굴을 내밀며 물었다. 나는 그때 배에 통증이 자주 오고 있었다. 그러나 큰아이 낳을 때 한번 경험을 하여서 아직은 아프다는 소리는 밖으로는 않고, 안으로 질렀다. "예, 다 되어가는 것 같아요"라고 대답을 겨우 하였다. 내가 아프다고 하니 남편은 방에 들어 오지도 못하고 부엌에서 안절부절 어쩔 줄을 모른다. 그러면서도 아기 목욕물도 끓여놓고, 탯줄 끊을 가위까지도 끓는 물에 삶아 놓았다. 내가 미리 말을 해놓았던 것이었다.

산파 아지매 두 사람이 다시 왔다. 아지매들은 내 두 다리 양쪽 옆으로 앉았다. 그때 나는 아프면서도 이거 큰일 났다는 생각이 들었다. 큰아이 낳을 때 병원에서 미리 화장실에 다녀온 것을 이번에는 잊은 것이다. 그때 화장실에서 변을 보는데 배는 아프고 아기는 자꾸 나올 것만 같은데 어쩌지 못하고, 화장실에서 힘들어했던 걸 생각하지 못하고 집에서 아기를 낳으려 한 것이다.

내가 아랫배에 힘을 주는데 자꾸 배변 움직임이 있었다. "아지매, 어짜꼬?" 하니 "그냥 아랫배로 힘줘라. 괜찮다" 하였다. 나는 죽을 것같이 아픈데도 미안한 마음에 어쩔 줄 몰랐다. 엄마가 이런저런 고난을 겪는 중에도 1986년 10월 20일 새벽 5시 20분에 둘째 아들이 '엄마 저 무사히 나왔어요'라는 말을 큰 울음소리로 대신하며 이 세상에 나왔다. 태몽으로 봐서 둘째는 딸인 줄 알았다. 그러나 아들이지만, 어느 집 딸들보다 더 딸처럼 나에게 잘한다. 엄마인 내가 저를 더 의지하였고, 지금도 그렇다.

한동안 두 아지매에게 그때 일은 정말 미안하였다고 말은 하였지만, 내 마음 한편으로는 부끄러움도 많이 느꼈다. 그날 오전에 나는 큰아이가 태어난 산부인과를 갔다. 원장님이 나를 보시고, 아직도 집에서 아기를 낳는 사람이 있나 하는 눈치를 주었다. 나는 부끄러워 원장님이 묻지도 않았는데, 시어머니가 집에서 낳으라고 하였다고 거짓말을 하며 시어머님을 팔았다. 다음에 시어머님께는 그때 어머님을 팔았다고 이야기를 드렸다. 어머님께서는 허허허 하셨다.

그해 여름 저녁상이 넉넉하게 느껴졌던 울도 담도 없는 집, 우리 집 아랫집의 정경이 새삼 가슴으로 다가온다. 그 아랫집 가족을 포함한 이웃사촌들 덕택으로 그 동네에 오래 살지는 않았지만, 참으로 이웃과 마음 푸근하게 지냈다. 선산에 있는 시집에 갈 때도 늘 대문을 열어놓고 다녔다. 그 시절 그 골목길에 내 아이들이 아장아장 두 손을 마주 잡고 걸어가는 풍경이 내 머릿속에서 사라지지 않는다.

추억 속의 미꾸라지

내가 뛰어놀고 자라던 고향 집 마당, 여름 장맛비가 흘러내리면 어린 나는 큰 물방울이 떠내려가는 것을 마루에 엎드려서 구경하였다. 비 오는 날이면 나는 비를 맞으며 떠내려오는 물방울을 터뜨리고 친구와 놀았다. 장마철이 되면 그 물방울을 찾아 나선다. 지금은 빗물도 오염이 되어서 그런지 그런 물방울 보이질 않는다.

우리 아버지는 여름이어도 장마 때에는 사랑채의 소 마구 부엌, 무쇠솥 아궁이에 불을 지폈다. 그때 아버지는 미꾸라지를 호박잎에 싸서 구워 드셨는데, 나는 그걸 보았나. 그 미꾸라지는 어디서 잡았는지 모르겠다. 진짜인지 가짜인지는 모르겠지만 미꾸라지는 힘이 좋아 내리는 빗줄기를 타고 하늘로 올라가 비 오는 마당에 떨어진다고 했었다. 혹시 우리 아버지가 구워 드신 미꾸라지도 하늘에서 마당으로 떨어진 미꾸라지였을까? 지금에 와서 궁금해진다.

결혼 후 김천에서 선산 산촌동 시집 동네를 가자면 개령마을 들판을 지나가는 길이 빠르다. 25년 전만 하여도 농로길옆 농수로에는 미꾸라지들이 살고 있었다. 아이들 아빠는 시골에서 태어나 어릴 때부터 미꾸라지를 많이 잡았다고 한다. 차에는 언제나 미꾸라지 틀을 여러 개 싣고 다녔다. 그러다 개령 들판은 물론이고 물이 있는 곳이면 사계절 찾아가서 통발을 넣었다. 그래서 우리 집 냉장고 냉동실에는 미꾸라지가 떨어질 때가 없다.

한번은 이런 일이 있었다. 지금 생각해 보면 무모한 일이었다. 오늘 시댁 마을 촌에 가면서 아이 아빠는 웅덩이를 바닥까지 다 퍼낼 것이라고 하였다. 미꾸라지가 많이 나올 거라는 기대감이 큰 것 같았다. 물웅덩이를 퍼내려면 고무 들통이나 양동이를 꼭 챙겨 가야 한다. 보통 때 같으면 미꾸라지 잡아 담을 통 1개면 된다. 오늘은 다르다. 2개의 양동이와 삽, 그리고 미꾸라지를 고르는 바구니가 필요하다. 또 넓은 비닐도 챙겨 가야 한다. 넓은 비닐은 퍼내는 물에 의해서 둑이 무너져 다시 물이 웅덩이로 들어오지 못하게 둑을 비닐로 덮는데 필요하다. 미꾸라지를 많이 잡을 것이기 때문에 이런 것들이 모두 필요한 것이다. 아! 또 있다. 장화는 필수다.

아이들 아빠는 시댁 동네를 오갈 때면 창밖으로 미꾸라지가 많이 있을 만한 곳을 보아 두었다. 이날은 농수로가 아닌 논 한쪽에 웅덩이가 목표가 되었다. 개령면에서 감문면으로 가는 들에 차를 멈춘다. 나는 이곳은 처음이다. 나도 오늘은 웅덩이를 퍼낸다고 하니 은근히 속으로는 큰 기대를 하였다. 아이들 아빠가 봐둔 웅덩이는 물이 맑고 깊어 보였다. 웅덩이 둘레가 수초가 없이 깔끔하였다. 내 눈에는 왠지 휑하게 보였다.

"준희 아빠, 혼자서 이 웅덩이의 이 많은 물을 언제 다 퍼낼려구?" "물은 내가 퍼낼 테니 당신은 우선 저쪽에 앉아 구경이나 해." 나는 왠지 예감이 좋지 않다. 나의 지루한 시간이 시작되었다. 그때만 하여도 힘이 펄펄 넘치던 아이들 아빠다. 나이 마흔 정도 되었을 때이다. 나는 물이 너무 많다고 하였다. 혼자서 하기에는 물웅덩이가 너무 깊고 넓었다. 웅덩이 둑 한쪽을 물이 흘러 넘이기도록 삽으로 파놓고 시삭한다. 검은 고무 동이로 물을 퍼내기 시작했다. 둑에 비닐도 덮었다. 아이들 아빠는 준비해간 장화도 신지 않고 한참을 퍼내다가 "생각보다 물이 많은데…." 하였다. 내가 "그거 봐. 내가 물이 많다고 했지. 지금이라도 그만해"라고 하였다.

아이들 아빠는 들은 척도 않고 물만 퍼낸다. 내가 보기에는 지금까지 힘들게 퍼낸 시간이 아까워 고집을 부리는 것이다. 물은 한 시간도 넘게 퍼내도 바닥을 보일 기미가 보이질 않는다. 나는 헛수고 한다 싶어서 애가 탄다. 이 웅덩이는 바닥에서 찬물이 솟아 나오는 웅덩이다. 이런 웅덩이 물은 농사에 지장을 주어서 물을 가두어 두는 곳 같았다. 그러니 물을 퍼도 퍼도 바닥이 보이지 않았다. 결국 아이들 아빠는 오후 내내 미꾸라지 몇 마리 잡으려고 있는 힘을 다 빼었다.

헛수고만 하고서 시댁으로 돌아가면서 내일 김천의 우리 집으로 갈 때 건져가려고 긴 끈이 달린 미꾸라지 통발을 물속에 던져 넣었다. 물에 들어가지 않고 통발을 건져 내려고 통발에 끈을 달기도 하지만, 물속에 있는 통발을 다른 사람에게 보이지 않게 하려고 통발에 달린 끈의 끝을 풀숲에 감추기도 한다. 시댁으로 돌아오니 저녁 준비할 시간이 되었다.

작은 아이가 초등학교를 입학한 1993년 음력 11월, 시아버님의 생신 일이다. 생신날 오후 가족들과 산밑에 있는 우리 논 가에 작고 얕은 웅덩이에 갔다. 아이들 아빠가 "모두 내 따라와라. 미꾸라지 많이 있는 데로 잡으러 가자"고 하였다. 여기는 시골이라 농사철에는 바쁘게 일을 하지만, 겨울은 특별히 할 것이 마땅히 없다. 가족 중에 매사에 적극적인, 부산에 있는 내 바로 아래 동서가 제일 좋다고 했다. "네, 아주버님 우리 미꾸라지 잡으러 갑시다" 한다. 시어른들만 집에 남겨 두고 가족들이 총출동하였다.

시아버님 생신 때가 다가오면 포근하던 겨울날이 다른 날보다 매섭게 추웠다. 그날도 예외가 아니었다. 우리는 들에 가서 미꾸라지를 잡으려면 두 시간은 걸릴 것이다. 옷은 편한 것을 찾아 입고, 신발은 장화와 털신을 신었다. 겨울 들판은 허허로웠다. 그러나 가족들과 걸어가는 오후 햇살은 따사로웠다. 가족들 모두가 함께 소풍 가는 기분이다.

드디어 앞서가는 아이들 아빠가 손으로 가리키면서 "저기가 미꾸라지가 많이 있는 곳이다" 한다. 시숙과 시동생들은 삽을 들고 벌써 저만치 앞서가고 있었고, 아이들은 빨리 가면 많이 잡을 수 있을 거라는 생각에 통들을 하나씩 들고 논둑을 뛰었다. 동서들과 나도 뛰었다.

미꾸라지가 많이 나올 것으로 예측했던 장소는 물은 없고 얼음이 조금 얼어 있었다. 얼음이 얼어붙은 작은 웅덩이는 웅덩이라고 하기에 민망할 정도로 작았다. 남자들은 논 가에 물이 없이 촉촉하기만 하여도 삽으로 땅바닥을 뒤집는다. 미꾸라지가 나왔다. 우리는 미꾸라지를 그냥 줍기만 하면 된다. 모두가 즐겁다. 이번에는 작은 웅덩이의 얼음을 남자들이 삽으로 깨었다. 아이들과 우리는 바닥을 뒤집기를 눈 빠지게 보고 있었다.

드디어 기대하였던 작은 웅덩이를 보면서 탄성이 터져 나왔다. 한 삽을 뜨는데 미꾸라지가 누렇게 나왔다. 내 눈이 의심스럽다. 이것은 조금도 과장이 아니다. 삽으로 얼음을 끌어내고, 흙을 손으로 살살 끌어내었다. 삽으로 흙을 뒤집으면 미꾸라지가 다칠 것 같았다. 내가 하는 말을 믿지 않아도 어쩔 수 없다. 나는 본 대로 이야기한다. 콩나물시루에 콩나물이 머리를 위로 두고 자라는 거와 마찬가지로 우리 눈앞에 있는 미꾸라지도 머리를 위로 두고 누렇게 서 있다. 우리가 본 미꾸라지가 그러했다. 우리는 콩나물시루에 콩나물을 뽑듯이 미꾸라지를 뽑았다. 이 표현이 맞을 것이다. 우리 가족 모두는 이런 광경은 처음이라며 흥분을 감추지 못하였다. 우리 작은 아들도 이때를 기억한단다. 미꾸라지를 그냥 손으로 주웠다 한다. 누워서 떡 먹기라는 속담은 이럴 때 쓰는 말이겠지.

이전에 바닥에서 물이 계속 고여 나오는, 그래서 퍼내고 퍼내도 물이 줄지 않던 찬물 웅덩이를 퍼낼 때 아이들 아빠의 자존심을 건드리지 않으려고 그가 스스로 포기할 때까지 그를 기다려 주었던 일이 생각났다. 나는 아이들 아빠가 고집이 좀 있어서 힘은 들었지만, 그래도 그때 그가 얼마나 힘들고 허탈했을까를 이해하려 하였다. 그의 마음을 생각하여 "이럴 때도 있지, 뭐, 수고했어요"라고 위로하였다.

빌리는 돈, 빌려주는 돈

작은 형부가 김천에서 경주로 직장을 옮기게 되어 부득이 이사를 하게 되었다. 그러다 보니 우리 가족은 비어있는 언니네 집으로 자연스럽게 이사를 들어가게 되었다. 우리가 언니 살던 집으로 이사를 와서 몇 달을 살지 않아서 언니에게서 전화기 걸려 왔다.

"경자야" 하더니 잠시 말을 멈칫거리고는 이어서 "누가 집을 사겠다고 전화가 왔었는데" 하며 뒷말을 또 멈칫거렸다. 나는 얼른 언니가 이어갈 말을 알아차리고 "그래, 살 사람 있을 때 집은 팔아야지"라고 말은 했지만, 그러면 우리는 어쩌나 싶었다.

오후에 집 살 사람이 집을 보러 온단다. 나는 전화를 끊고 바로 남편에게 전화를 걸었다. 남편은 내 말이 끝나기 무섭게 "내가 집에 올라갈게" 하고 전화를 끊었다. 금방 오토바이 소리가 대문 앞에 멈추었다. 나도 재빨리 대문으로 향했다. 직장에서 일하다 말고 온 남편은 헐레벌떡 마당으로 들어서며 무턱대고 이렇게 말한다.

“나는 이사는 못 한다. 우리가 어떻게든지 이 집을 사야 한다.” 아주 강한 어조로 말을 하고는 어느새 남편의 오토바이 소리는 골목길 아래로 사라져 갔다. 나는 얼른 방으로 들어가서 전화기를 들었다. 마음이 두근거렸다. 정신이 없다. 생각하지도 않았던 집을 산다고? 돈이 어디 있어서? 이런저런 많은 생각으로 머리가 어지러웠다. 이튿날, 우선 대출 상담을 받으러 조흥은행(지금의 신한은행)으로 가서, 문을 열기를 기다렸다가 제일 먼저 들어갔다. 비록 적은 돈이라도 꼭 은행에 직접 가서 저금해 오던 습관이 있었던 터라 은행 직원이 나를 알아보았다. 직원이 자기 앞으로 오라고 손짓을 하였다.

나는 직원 앞에 조금이라도 가까이 다가앉아 대출 상담을 하였다. 지금 내가 사는 집의 번지를 일러주며 직원에게 내가 필요한 금액을 말해놓고 나왔다. 나는 집에 돌아와 아버님께 전화를 드렸다. “여보세요.” “김천 며느리가?” “네, 아버님.” “아이구, 들에 갔다 막 들어오는데 니, 전화 소리가 나길래.”

아버님은 들에서 돌아와 마당 입구에서 내 전화 소리를 들으신 모양이다. 전화가 끊어질까 급하게 방에 들어오신 모양이다. "아버님, 들에 갔다 오셨어요?" "응 그래, 아이고 숨차다." "천천히 받아도 되는데…. 다음에는 급하게 전화 받지 않아도 되십니다. 못 받으시면 우리가 다시 전화를 드리잖아요." "그래 말이다. 전화 소리가 나면 끊기기 전에 빨리 받을라고 안 그러나." "아버님, 어머님은 밭에 가셨어요?" "니 시어마이는 이 위에 밭에 갔다. 뭐 호박잎도 따고 고추밭에도 들러보고 한다고 갔다." "아버님, 오늘 경주로 이사 간 언니한테서 전화가 왔어요. 누가 이 집을 보고 사고 싶어 하는 사람이 있는데, 집 좀 보여달라고 한데요. 그래서 말인데요, 아버님 군희 아빠가 이 집 두고 이사 가기 싫다고 고집을 부리네요. 어떻게 할까요? 이 집을 사고 싶다고 해서요?" 아버님은 "돈이 어딧노" 하시며 말씀이 없어진다. "아버님, 내일 제가 가서 의논드릴게요. 아버님!" "그래 봐야 내가 돈이 있나" 하시고는 전화가 끊어졌다.

다음날 나는 아이를 등에 업고 선산 가는 버스를 탔다. 시집에 도착한 시간은 점심때가 지나서였다. 어른들은 점심을 드시고 한숨 주무시고 계셨다. 어머님이 먼저 "아이구! 니, 왔나" 하시며 "이리 앉아라" 하시고는 점심 드신 상을 방 윗

목으로 밀쳐 놓으신다. 아버님도 일어나셨다. 업고 있던 손자를 어머님이 받으시며, 손자를 어르셨다. 나는 이제 돈 말을 꺼내어야 하는데, 먼저 입이 떨어지질 않는다. 집 살 돈은 내가 구해야 했다. "아버님, 준희 아빠가 저렇게 고집을 부리니 좀 빌려주세요." "너거 얼마나 있어야 되노?" 나는 그 순간, 아! 됐구나 싶었다. "300만 원이 있으면 은행에 대출 내고 해서 돈을 맞출 수 있을 것 같습니다." 아버님은 조금 생각을 하시고는 이렇게 말씀하신다. "내가 부산 큰아이 집(시숙 댁)에서 집을 살 때도 100만 원을 주었으니, 너거에게도 그 돈 100만 원은 줄게. 너들 집 산다고 하니 그저 (빌려주는 돈 아닌 걸로) 주고, 150만 원은 빌려주는 걸로 하자" 하셨다.

집 살 돈 250만 원이 준비되었다. 거기에 더하여 조흥은행에서 집을 담보로 대출을 400만 원 내어서 모두 650만 원을 준비하였다. 우리가 모아둔 돈은 50만 원이었는데, 이걸 가지고 670만 원짜리 집을 무조건 사야 한다고 나에게 밀어붙이는 남편은 그렇다 치고, 그때 일은 나도 참 여러 생각이 스치고 지나간다. 남편이 술을 좋아하다 보니, 나는 오후가 되면 오늘 저녁에는 아무 일 없이 잘 넘어 갈려나 하는 생각에 미리 걱정하며 살아왔다.

나는 어린아이들을 데리고 직장에 나갈 수가 없었다. 어느 날 동네 사람들과 골목에 나와 놀고 있는데 아는 친구가 일거리를 소개한다. 자기가 아는 아주머니가 부업으로 회사에서 부품을 받아 주변 사람들(주로 주부들이다) 에게 나누어 주고, 그들이 부품으로 제품을 만들어 놓으면, 집으로 가서 수거하여 온단다. 그러니 나 보고도 해 보라는 것이었다.

그래서 나도 그 아주머니가 갖다주는 전자 부품으로 상품 만드는 일을 했다. 그런데 그것도 하는 사람이 많아져서 나한테까지 돌아올 물량이 적었다. 나는 내가 직접 다른 회사에 전화하여 전자 부업 일을 하게 되었다. 세 사람 정도가 할 수 있는 부품량을 받아 몇 달을 열심히 하였다. 그런데 이번에는 회사가 부도가 났다고 한다. 내가 만들어 놓은 제품은 가져가고도 돈을 주지 않았다. 두 달이 되어도 회사에서 돈이 나오질 않았다. 나는 회사로 버스를 타고 몇 번을 찾아가 보았지만, 담당자가 없다는 말만 할 뿐 언제 준다는 대답도 듣지를 못하고 빈손으로 돌아오곤 하였다.

그러고 나서 얼마나 되었을 때, 회사에서 연락이 왔다. 받아야 할 돈의 절반 정도를 겨우 받아서 집으로 왔다. 이 부업은 나를 포함해서 모두 세 사람이 했다. 내가 받아 온 부품을 다른 두 형님께도 나누어 주어 셋이서 하게 된 것이다. 내가 돈을 받아왔다니, 부업을 함께 한 형님이 먼저 와 있었다. 나는 세 사람 모두 애초에 받을 돈의 절반만 드릴 수밖에 없었다. 절반만 받아왔으니 그럴 수밖에 없지 않은가. 그런 생각으로 받아온 돈을 헤아리고 있는데, 한 형님이 그 돈을 내 손에서 빼앗아서 먼저 자기 것을 온전히 다 챙기는 것이었다. 나는 그때 돈 앞에서는 인정사정도 없구나 하는 생각이 들었다.

작은 아이가 겨우 젖이 떨어지고, 1988년 새해가 되는 날이다. 남편은 고향 친구들과 매년 모임을 하러 간다. 친구들과 모임이 끝났을 터인데도 그날 저녁에는 집으로 오지를 않았다. 술이 잔뜩 취해서 들어올 남편 생각을 하니, 나는 잠이 제대로 들 수 없었다. 이튿날은 아침부터 걱정이 더 하였다. 남편은 전날 모임에 나갈 때, 1년 전 연초 모임에서 나 모르게 빌려 쓴 돈을 오늘 갚는다며 갑자기 나를 졸라서 30만 원을 가지고 나갔다. 예감이 좋지 않다. 불행하게도 나의 예감은 적중하였다.

남편은 오전 11시가 지나서 간밤에 마신 술이 아직 깨지도 않은 채, 운전을 하여 집으로 왔다. 방으로 들어온 남편은 나의 눈을 피하고 자꾸만 자고 싶다고 하였다. 나는 남편을 바로 재울 수가 없었다. 지난해 빌린 돈을 갚았는지 확인해야만 했기 때문이다. 가지고 간 돈은 갚았느냐고 내가 물으니, 그는 갚았다고는 하는데 뭔가 이상하다. 내가 남편의 재킷 주머니를 뒤져보니 돈이 들어 있었다. 나는 잠을 자려는 남편을 흔들어 깨워서 따져 물었다. 갚았다는 돈이 왜 여기 주머니에 있냐고 캐어 물었다. 남편은 할 수 없다는 듯 이야기를 한다. 빌린 돈은 일단 갚고, 다시 10만 원 더하여 이번엔 40만 원을 빌렸다고 한다.

나는 마음을 독하게 먹었다. 남편이 잠이 든 사이 어린아이들을 동네 아지매들에게 맡겼다. 그리고 고속버스 터미널로 향하였다. 나는 내가 이번에 남편에게서 떠나지 않으면 평생 후회 할 것 같았다. 나는 큰올케 언니가 살고 있는 서울로 가 일자리를 찾아서 빨리 자리를 잡고, 아이들을 데려갈 생각으로 서울행 고속버스에 올라탔다. 빨리 버스가 출발하기를 마음졸여 기다렸다.

동네 아지매들이 고속버스에 올라와서 제발 그러지 말라고 말렸다. 나를 내리라고 사정을 하였다. 나는 미안하지만 지금 이렇게 하지 않으면 계속 이렇게 살아야 한다며 서로 눈물을 닦았다. 아지매들은 고속버스에서 내려 집으로 돌아갔다. 서울로 가는 고속버스 안에서 나는 이웃집에 맡기고 온 아이들이 눈에 밟혔다. 하지만 한편으로는 이 답답한 현실을 타개할 생각에 골몰했다. 이제는 큰올케 언니에게 가서 하루빨리 일자리를 찾고, 이어서 아이들을 데리고 올 생각을 하였다.

나는 서울 강남 고속버스 터미널에 내렸다. 올케네 댁으로 갈 버스를 탈 생각으로 정류장을 향하여 걸어갔다. 앞만 보고 빠른 걸음으로 걷는데, 내 앞에 갑자기 남편이 허겁지겁 걸어오고 있었다. 눈이 마주쳤다. 남편은 내 앞에서 한없이 작아져서 말한다. 내가 잘 못 했다. 한 번만 봐줘라. 다시는 그러지 않을게. 이제 당신 말 잘 들을게. 술 안 마시고, 애 안 먹일게. 그렇게 용서를 구하며 집으로 가자고 사정을 한다. 나는 거기서 아무 말도 하지 않고, 터미널 지하상가에 있는 식당으로 갔다.

남편이 불쌍해 보였었다. 육개장을 두 그릇을 시켜서 먹으며 어떻게 찾아왔느냐 물었다. 동네 아지매들이 돈 십만 원을 남편에게 빌려주며 지금 바로 택시로 서울 고속버스 터미널로 달려가면 아이들 엄마를 만날 수 있을지도 모른다며, 나를 찾아오라 하여 왔다고 한다. 우리는 그렇게 다시 고속버스를 타고 우리의 아이들이 있는 김천 집으로 돌아왔다.

우리가 작은 아래채를 지을 때 돈을 빌려준 동네 할아버지가 계셨는데, 그 댁의 며느리는 나에게 자주 이런 말을 했다. "야이(여보게)! 우리 아버님은 성태 이모(나)를 보고 보증수표라고 하신데이. 우리 아버님 눈에는 성태이모 니가 힘들게 살면서도 늘 밝고 믿음이 가는 새댁으로 보인다고 하신데이." 나는 그 할아버지에게서 빌린 돈을 갚을 때까지는 할아버지가 나에 대해서 가지신 믿음을 깨지 않으려고 했다. 나는 빌린 돈을 다 갚을 때까지는 더 참고 살아야 했다.

전에 살던 노실 고개에 있는 아파트를 살 때는 시아버님은 "이번에는 꼭 네 이름으로 등기를 해야 된다"고 하셨다. 나는 "꼭 그렇게 하겠습니다"라고 말씀드렸다. 그때 사서 살았던 아파트는 1층이었다. 모두가 편하게 우리 집을 드나들었다. 나는 일반 주택에 살 때도 그러했고, 아파트에 살 때도 이웃이 편하게 찾아오는 집이 되도록 했다. 우리 집은 마치 참새가 방앗간을 그냥 못 지나가듯 이웃이 편하게 드나드는 참새 방앗간 같은 집이었다.

그때 나는 신한은행 건물 옆에서 가게를 내어 홈패션을 하였다. 어느 날 아는 형님이 내 가게로 놀러 와서 이렇게 말한다. "준희 엄마, 남산공원 계단 내려와서 옛날부터 학원도 하고 커튼 가게 하던 집 있잖아. 안채는 한옥으로 된 집 말이야. 그 집 판다고 내놓았는데, 준희네가 사면 커튼 가게도 하고, 세가 나오는 학원이 들어와 있어 월세로 60만 원이나 나오니 사도 좋을 낀데."

나는 그 집을 잘 알고 있었다. 나는 그 형님께 생각해 보고 전화를 드릴게요 하였다. 그날 저녁 남편과 의논을 하였다. 남편은 "니가 알아서 해야지, 나는 모른다"고 한다. 나는 뭘 사고 팔 때 매매가 좀 쉽게 되는 편이었다. 나는 그 집을 사도 무리가 되지는 않을 것 같았다. 곧 집주인을 만나 흥정에 들어갔다. 주인 할머니는 1억 5,000만 원을 이야기한다. 나는 1억 3,800만 원에 사겠다고 했다. 월요일에 그 이야기를 하고는 토요일까지 대답을 달라고 하였다. 나는 중간역할을 하는 형님한테 "내가 말한 그 이상을 달라고 하면 나는 사지 않을 거다"라고 말해 달라 했다. 그래서 내가 원하는 금액으로 사게 되었다. 그게 바로 지금 내가 사는 이 집이다. 그래서 정말 그 주 토요일에 계약이 이루어졌다.

아파트 위층에 사는 형님들이 모인 자리에서 나는 새로 사게 되는 집 이야기를 꺼내며 은행에 대출을 받아도 조금은 부족할 듯하다고 말을 했다. 그랬더니 4층 형님이 이렇게 말하였다. 준희 엄마(나)가 돈이 모자란다고 하면 얼마든지 빌려주겠다. 나는 그 말을 지금도 기억한다. 4층 형님이 진심으로 하던 그 말을 지금도 잊을 수 없다. 나는 다행히 그때 은행 대출로 잔금까지 치를 수 있어 돈을 빌리지는 않았지만, 그 형님이 얼마나 정직하고 여문 사람인지 알고 있었기에 그 고마운 말 한마디가 나에게는 마음에 큰 자산이 되어 살아 있다.

작년에는 은행에서 쓰고 있던 돈 이자가 오른다는 문자가 왔다. 은행을 찾아가 이자를 확인하여 보니 연 4.5%였다. 가게에 돌아와서 무심코 은행 이자가 올랐나는 이야기를 거래처 사장님께 늘어놓았다. 그랬더니 사장님이 "얼마나 필요한데" 하고 물었다. 나는 "나, 빚 많은 거 알잖아요"라고 말을 하면서, 8,000만 원이 필요하다고 말했다. 그랬더니 그는 두말도 없이 내가 빌려주겠다며 이자는 연 3%만 주라고 한다. 그러더니 다시 "3.5% 줘"라고 한다. 나는 사장님을 쳐다보고 "그렇게 해 주면, 나는 땡큐지"하고 말했다.

거래처 사장님은 "내가 20년 넘게 경자를 보아왔는데, 똑소리 나게 약속 하나는 확실한 보증수표 아니가"라고 했다.

나는 그간 사장님에게 단 한 번도 돈을 빌려 쓴 적이 없었다. 이번 돈을 처음으로 빌리면서 나는 사장님에게 말했다. 돌려받을 날을 며칠 일찍 이야기해 주면, 언제든지 은행에 가서 대출을 내어 갚겠다고 하였다. 이튿날 거래처 사장님은 현금 8,000만 원을 가져와서 나에게 빌려주었다.

2024년 7월, 우리 집 '봇또랑 추어탕' 주차장 옆에 붙은 집을 팔겠다고, 그 집 주인이 직접 와서 말했다. 지금 집으로 이사 와서 3년 정도 살았다고 한다. 그래서 나는 옆집을 매입하게 되었다. 그리고 우리 집 앞에 붙어있던 시의 땅 2필지 있는 것도 매입하였다. 얼마 후 우리 집 앞에 작은 가게가 있었는데 그 가게를 오래전에 팔고 간 아들이 나를 찾아왔다. 자기 부모님이 가게를 남에게 팔면서 자투리땅을 한 번에 같이 팔지 않아 남아 있는 땅이 있다고 하였다. 나보고 사면 좋겠다고 한다. 나는 좋아라 하고 그 땅 3필지도 매입하였다.

2022년 11월에 한옥 쪽으로 앞에 있는 30평 헌 집을 구매하게 되어서 모두 필지가 9개가 되었다. 나는 평소에 언젠가는 은행 대출을 다 갚을 수 있다면 우리 집 대지 필지를 하나로 만들고 싶었다. 그러자면 돈이 필요했다. 이 이야기를 내가 아는 다른 사람들에게도 하였다.

작년에 8,000만 원을 나에게 빌려준 거래처 사장님이 왔을 때도 이야기를 하였다. 그랬더니 "얼만데" 한다. 나는 "1억 4,000만 원입니다"라고 하였다. 그랬더니 "한번 생각해 보자"라고 한다. 다음날 거래처 사장님이 음식 주문 전화가 왔다. 내가 물었다. ""그 돈 되겠어요?" "아, 7,000만 원밖에 안 되겠다. 아들 적금도 깨고 하면 될는지 모르겠다." "다급한 게 아니니, 다음에 필요하면 빌려주소." 그러다가 보름쯤 지나서 거래처 사장님이 왔을 때, 내가 결심을 말했다. "아무래도 우리 집 토지를 한 필지로 만드는 것 해야겠다." 그분이 흔쾌하게 말한나. "그러면 언제라도 말해." 나도 믿음을 가지고 시원스럽게 부탁했다.

"내일 가지고 오소." 다음날 7,000만 원 돈과 차용증을 가지고 거래처 사장님이 왔었다. 마침 내가 가게에 없을 때여서 큰아들이 돈을 받고 차용증에 서명하였다고 한다. 내가 가게에 들어오니 큰아들이 이렇게 말한다. "나 같으면 이렇게 큰 돈 아무도 안 빌려준다." "나도 사실은 이렇게 못 빌려준다." 이렇게 우리 모자는 말하며 웃었다. 나는 아들에게 신용의 중요함을 다시 한번 강조했다. "봐라, 신용이 얼마나 중요한지.

엄마가 맨날 신용 신용 하였지. 남의 돈 빌려 쓰고 약속대로 갚는 것만이 신용이 아니라, 사람이 자기가 하는 말에도 신용이 있어야 한다."

여기서 아직도 부족한 7,000만 원은 친하게 지내는 선생님께서 빌려주셨다. 그래서 우리 집 필지는 한 필지로 만들었다. 친한 선생님께 빌린 돈은 대출을 내어 바로 갚아 드렸다. 거래처 사장님은 달라고 할 때까지 쓰라고 하였다.

경주 형부에게도 나는 신용이 있는 사람이다. 내가 맡겨 놓고 찾아 쓰는 돈처럼 형부에게 전화만 하면 여태까지는 빌려주셨다. 형부는, 우리 처제 같은 사람의 마음을 못 맞추어 사는 아래 동서가 너무나도 안타깝다는 말을 가끔 내게 하신다. 나에게 돈을 믿고 빌려주는 사람들은 근검절약 정신이 몸에 박힌 사람들이다. 그러기에 그분들이 힘들게 모은 돈을 선뜻 내게 빌려주신다는 것이 나에게는 너무나 감사하고 또 감사하다.

그러나 내게 돈을 빌려 가는 사람들은 그렇지 않은 사람들이 많았다. 내가 아직도 세상을 모르는 부분이 많은가 보다. 여태도 나는 사람 볼 줄 모르는 게 확실하다.

4. 유정 천리 꽃이 피네

불

2001년 11월 15일 저녁이었다. 평소와 다름없이 남편은 직장에서 돌아오면, 남편은 저녁밥도 뒤로하고 가족 같은 '난돌이'와 플라스틱 쟁반을 던지면 놀았다. 난돌이는 우리 집에서 기르던 진돗개의 이름이다. 난돌이에게 쟁반을 뱅그르르 돌려서 던져 보내면, 그 쟁반을 똑똑한 난돌이가 받아서 온다. 이 놀이를 온 가족이 재미있게 즐기고 있었다.

진짜인지 가짜인지 모르겠지만 우리 집 난돌이는 족보가 있었다. 우리는 난돌이가 족보 있는 강아지라는 걸 은근 자랑스럽게 여기고 있었다. 난돌이는 평소에 순하여 누가 와도 잘 짖지를 않았다. 우리 집은 1945년에 지은 한옥이다. 아이들 방 앞 처마 밑에 난돌이 집이 있었다. 그날 새벽 1시쯤에 큰 소리로 난돌이가 짖는 소리가 들렸다. 난돌이가 짖어 주지 않았다면 우리는 몰랐을 것이다. 그 엄청난 일을 아무도 모르고 꿈나라에 들어 있었을 것이다.

난돌이 짖는 소리에 내가 잠에서 깨어 보니 가게 쪽이 환하였다. 가게가 불에 타고 있었다. 나는 정신 없이 119에 전화를 걸었다. "여보세요! 여기 남산공원 계단 앞쪽 집인데요!" 내 전화를 받는 상대 119 직원의 말소리는 차분하고 명확하다. "진정하시고요, 진정하시고 말하세요." 나는 다급하여 말도 잘 나오지 않았다. 떨리는 목소리로 계속 외쳤다. "불이 났어요. 빨리 와주세요."

그러나 내가 하는 말은 입 밖으로 터져 나오지 않았다. 맘은 뻔한데 얼른 밖으로 나오지를 않았다. 소방차가 왔다. 빨리 온 셈이다. 한밤중이어서 길에 지나다니는 차가 별로 없었단다. 그래서 소방서에서 여기까지 막히는 데 없이 거침없이 달려서 빨리 올 수 있었다고 한다. 나는 한옥 방에서 아이들 아버지를 깨워다. 아이 아버지는 너무나 급하게 벌떡 일어나기에 혹시라도 너무 놀란 나머지 잘못될까 나는 걱정이 되었다. 남편은 속옷 바람으로 방에서 나와 "불이야"하고 엄청나게 큰소리로 외친다. 어디서 그런 힘이 넘치는지 모르겠다. 불이 나서 난리 중인 데에도 믿음직했다.

아이들이 일어나 나오고, 아이들을 데리고 집 밖으로 나가면서 나는 그 소동 중에도 아이들 아버지에게 이렇게 말을 하였다. "준희 아빠, 우리가 세놓은 학원에만 불이 붙지 않으면 돼요. 거기 공부하는 학원에 피해가 가면 안 돼요. 우리 집은 그다음이야" 하며 진정을 시켰다. 우리는 당시 이 집을 살 때

보험을 들었다. 나는 없을수록 보험을 들어야 한다는 생각이 있었다. 없는 사람이 재난을 당하면 그때는 정말 더 힘들게 된다는 걸 알고 있었다. 그래서 한옥 건물과 학원 건물, 그리고 내가 하려고 했던 커튼 가게 건물까지 화재 보험을 넣어두었다. 여기 이 집 가격이 좀 싸다고 해서 빚을 내어 사고, 이사 온 지 5개월밖에 안 되는 시점에서 불이 난 것이다.

생각해 보니 큰일도 보통 큰일이 아니었다. 까딱하면 망하게 생겼다. 이 집을 살 때 빌린 은행 대출이 있고, 학원 보증금 1,000만 원도 돌려주어야 했다. 다행히 들어놓은 보험이 큰 도움이 되었다. 가게 화재 보험 보상금 550만 원이 나왔다.

불이 난 가게 안은 불길이 치솟고 있었다. 온 동네를 밝힐 듯 이글거리는 불길 사이로 유리창들이 터지고 깨졌다. 유리창 사이로 뿜어내 불길과 파편은 위협을 느끼기에 충분했다. 학원 건물 앞의 자동차를 주차하는 바닥은 납작한 돌들로 깔아 놓았는데, 뜨거운 불에 깨어지는 유리 소리와 파편이 바닥에 떨어져 쨍그랑하는 소리는 너무 무서웠다. 유리 조각이 날아와 얼굴과 몸에 박힐 것 같았다. 나는 한옥 마당 지하수 샘 앞에 놓아둔 빨간 고무 물통을 머리에 덮어썼다. 그리고는 땅바닥을 보며 종종걸음으로 우리 가족과 함께 대문 밖을 나왔다.

벌써 언제 몰려들었는지, 동네 사람들은 나와서 불에 타는 가게를 쳐다보며 나처럼 발만 동동거리고 있었다. 멀리서 소방차 소리가 난다. 소방차 위에 빨간 경광등 불이 빙글빙글 돌아가며 경보음 소리를 내며 도착하였다. 소방차에서 물 호스가 풀어지면서 물줄기가 하늘을 찌를 듯 쏴 하고 불을 향해 마구 뿜어댔다. 내 작은 가게에 치솟던 불길은 잡히기 시작했다. 우리 가족과 동네 사람들은 한숨을 돌렸다.

동네 사람들이 우리보다 먼저 119로 전화를 걸었단다. 그래서 화재 발생 신고가 많이 들어 왔다고 소방서 직원이 말하였다. 이튿날 일찍 일어나 나가서 확인해 보았다. 오늘 새벽 불이 났을 때 대문 밖으로 나가면서 나는 이상하다는 느낌이 들었다. 대문이 안으로 반은 열려있었다. 낮에는 학원이 있어서 대문을 열어놓지만, 학원이 수업을 다 끝내면 우리는 안에서 대문을 잠그는데 대문이 안으로 반쯤 열려있다니, 그게 이상하다. 그리고 이상한 것은 그뿐이 아니다. 집안에서 불이 난 가게로 들어가는 옆으로 미는 문이 있는데, 그 문도 반은 열린 채 밖으로 넘어져 있었다. 이런저런 의심 사항들이 있었지만, 화재보험사에서 나와 감정한 결과 전기 화재로 밝혀졌다.

가겟방의 깨어진 창문 너머에는 신문지가 쌓여 바람에 펄

럭이고 있었다. 신기하게도 신문은 타지 않고 있었다. 그런데 신기한 일은 또 있었다. 학원으로 들어가는 주차장 위에 학원 간판이 우리 가게 간판과 나란히 붙어 걸려 있었는데, 가게 간판과는 달리 학원 간판은 아주 말끔했다. 불에 그을린 흔적이 전혀 보이지 않았다. 내 가게 간판과 같은 재질인데도 말이다.

우리 집은 소방서에서 출동한 소방 직원들과 일찍 신고해 주신 동네 사람들, 그리고 불길을 먼저 보고 우리를 깨운 난돌이 덕분에 다시 살아났다. 그때 나는 느꼈다. 하느님께서 다시 힘내어 살아가라고 슬픔과 기쁨을 같이 주시는 것 같았다.

옛날 속담에 하늘이 무너져도 솟아날 구멍이 있다고 하였다. 정말 그런 것 같다. 그로부터 5개월이 지난 2002년 4월 21일부터 한옥에서 추어탕을 끓여 팔기 시작하였다. 처음 식당을 할 때 가계부를 살펴보면서 지금과 비교해 보면, 연 매출이 꾸준히 늘어나는 것을 볼 수가 있다. 불이 난 것은 나에게 전화위복(轉禍爲福)이 되었다. 인생의 길은 과연 누가 이끌어 가는 것인지, 신비하고 오묘하다.

'봇또랑 추어탕' 집

생겨난 역사

'봇또랑 추어탕'은 내가 운영하는 추어탕 전문 음식점이다. 이 음식점은 내 생애에 희망을 심어 준 곳이기도 하고, 내가 이웃 사랑에 눈을 뜨게 해 준 곳이기도 하다. 그런가 하면 사람들을 위해서 음식을 만들고, 그 음식을 맛있게 먹을 수 있도록 하는 일이 어떤 일인지를 인생에서 깨닫게 한 곳이기도 하다.

음식점을 낸다는 일을 내가 하리라고는 생각지 않았다. 솜씨도 그렇고 돈도 없었다. 커튼 가게가 불이 나 버린 후 의욕을 당장 내기는 힘이 들었다. 엄두를 내지 못하였다. 시댁을 오가며 아이들 아버지가 잡아 온 미꾸라지가 우리 집 식생활의 한 부분을 차지하면서 우리는 추어탕을 끓여 먹곤 했었는데, 이것이 '봇또랑 추어탕'의 시발이 되었던 셈이다.

불이 난 커튼 가게 하던 곳에는 냉동실이 있었다. 그리고 그 냉동실에는 미꾸라지가 가득 들어 있었다. 애들 아버지가 시골길을 오며 가며 미꾸라지 통발을 넣어 두었다가 건져오던 미꾸라지이다. 이것으로 우리는 자주 추어탕을 끓여 나누어 먹었는데, 이런 식생활을 먼저 충분히 해 보았기 때문에 식당을 할 용기가 쉽게 생겼을 것이다.

추어탕 음식에 대한 내공은 조금씩 길러 온 편이다. 노실고개에 있는 아파트에 살 때이다. 그때는 미꾸라지를 아파트 뒤쪽 베란다에 두고 추어탕 음식을 해 먹었다. 이웃과 나누어 먹기도 하였다. 미꾸라지를 넣어놓은 통발 속에는 미꾸라지만 있는 것이 아니다. 큰 자라가 미꾸라지와 같이 들어 있기도 하였다.

커튼 가게가 불에 타고 난 후 주차장이 넓어졌다. 나는 뭘 하여도 해야지 집에서 살림만 한다는 생각은 아예 없었다. 주차장도 넓어졌으니, 음식점을 내면 참 적절하겠다는 생각이 들었다. 나를 아는 사람들이 추어탕집을 하라고 성화였다. 아이들 아빠가 미꾸라지를 많이 잡아 온다는 걸 알 만한 사람들은 다 안다. 그렇게 잡아 온 미꾸라지로 여태껏 내가 추어탕을 잘 끓여서 이웃과 많이 나누어 먹었으니, 그것도 '봇또랑 추어탕' 음식점을 내는 데에 한몫했을 것이다.

우리 집 옆에는 '자유예식장' 건물이 있었다. 예식장 사장님에게도 끓인 추어탕을 나누어 드시게 해 보았다. 그 외에도 세 분이 더 우리 집 추어탕을 더러 나누어 먹었다. 예식장 사장님은 나를 앞에 두고 "커튼(예식장 사장님은 커튼 가게를 했던 나를 이렇게 불렀다)은 마음이 착하여 장사를 잘할 거라"고 하셨다. 그리고 "식당에 손님들이 많이 와서 돈을 벌어도, 잘하겠다는 처음 마음 변하지 않을 거라"고 하셨다. 나는, 그때 나를 믿어 주신 사장님 말씀을 가슴에 깊이 새기며 오늘을 살아간다.

우리 아들은 김천농공고(지금의 김천생명과학고)에 다녔다. 식당을 시작한 그해 가을, 아들의 학교에서는 매년 국화 축제가 열린다. 이때 학교 식당에서 점심을 준비하는데, 준비할 국은 우리 집 추어탕으로 결정이 되었다. 학교에서 나에게 주문을 하였다. 가을이라서 추어탕 맛이 좋았는지 축제에 초대받아 오신 손님들에게 내가 끓인 추어탕이 인기가 좋았다. 맛이 있다고들 했다.

우리 '봇또랑 추어탕' 소문은 여기에서부터 시작이 되었다. 국화 축제 날은 각 학교 교장 선생님과 교육 관계자들이 많았다. 나는 그때 이 학교에서 보건을 담당하시던 구선옥 선생님을 알게 되었다. 아들이 이 학교를 졸업하고도 선생님은 자주 우리 식당에 오셨다. 선생님은 학교를 퇴직하시고도 우리 식당에 오시면 무슨 일이라도 도와주시려고 하였다.

언젠가 이런 일이 있었다. 내가 바깥에 볼일이 있어서 나갈 일이 있었다. 점심시간이 끝날 때쯤 나가서 저녁 시간 전에 돌아오는 일이었다. 내가 나갈 일이 있다고 선생님께 말하니, 선생님은 당신이 가게에 있으면서 손님들이 포장 추어탕이라도 주문하면 팔아 주겠다고 하신다. 나는 식당을 선생님에게 맡기고 나갔다. 그동안에 여섯 명의 손님들이 왔다고 한다. 선생님은 집에서 밥도 겨우 하는 분인데, 어떻게 손님들의 주문에 응하셨을까. 선생님은 우리 식당에 오신 손님들을 돌려보내기 아쉬워 일단 손님들에게 추어탕 가능하다고 먼저 말씀하였다고 한다. 우리 식당은 가정집과는 달리, 업소형 가스를 사용하는데 얼마나 당황하였을까? 돌아와서 들어 보니 선생님은 일이 닥치고 보니 용기가 생기더라고 했다. 의외로 차분히 잘 해내셨다고 한다. 이렇게까지 구선옥 선생님은 나를 도와주셨다.

나는 '봇또랑 추어탕' 음식점을 시작할 때부터 속으로 잘할 수 있을 거라 믿었다. 이미 나, 자신을 믿었던 것 같다. 나는 아파트 친구에게 하루에 5만 원만 팔아도 한 달이면 75만 원은 남는다고 내 생각을 말하였다. 식당은 매출의 반은 남는다는 소리를 경험자들에게서 들은 것이다. 내가 잘 할 수 있을 거라 믿는 데에는 나의 두 가지 결심이 있었기 때문이다. 첫째는 남들과 똑같이 해서는 결코 남 이상 될 수 없다는 각오였다. 그리고 둘째는 남들보다 노력하면 특별한 일이 없는 한 현실에서 실패는 없다는 확신이 있었다.

하나하나 준비를 했다. 그때는 대구에 가야 주방용품들을 싸게 들일 수 있는 줄 알았다. 나는 식당에 필요한 주방용품들을 대구 서문시장으로 사러 갔다. 몇 달 전만 해도 나는 커튼 가게를 했기 때문에 그때 드나들었던 대구 서문시장은 낯설지 않았다. 식당의 벽지는 밝은색으로 하고, 밥상과 수저통은 밝은 밤색으로 했다. 통일된 일치감을 주기 위해서이다. 소금 담는 밤색 작은 항아리도 사고, 손님들이 앉을 방석도 식탁 색에 맞추어 주문하였다.

반찬 담아낼 접시와 반찬 그릇들을 주문하고 이어서 냅킨 꽂이 통, 후추통, 계피 담는 통 등은 그릇과 똑같이 하얀 크림색 도자기로 마련하였다. 냅킨도 품질이 좋은 재질로 맞춤 주문을 하면서 '봇또랑 추어탕, 감사합니다'라는 글귀를 넣었다. 그런데 와서 보니 주전자가 빠졌다. 서문시장 주방용품 가게에 전화를 걸었다. "김천 '봇또랑 추어탕'인데요, 스테인리스로 된 주전자 있으면 좋겠는데요." 그날 장사에 노련함이 돋보이던 그릇 도매상 사장님은 내 전화를 이렇게 받았다. "내가 사장님 취향을 알겠으니 사장님 마음에 꼭 드는 걸로 보내

드릴게요." 주전자는 개당 2만 5,000원씩 10개가 왔다. 꼭 내 마음에 들었다. 지금도 손님들은 이런 주전자를 어디에 가면 살 수 있는지 묻는다.

추어탕에 필요한 반찬은 이렇게 준비했다. 먼저 김치 준비다. 배추를 절여 두었다가 미리 해놓은 김치 양념을 사용하여 그때그때 버무려 낸다. 무깍두기는 떨어지질 않게 해야 한다. 파란색의 아기 배추 나물은 이렇게 장만한다. 추어탕에 들어갈 단배추를 속만 빼내어 쓴다. 끓는 물에 살짝 넣었다가 바로 건진다. 맛소금과 직접 짠 참기름을 넣고 조물조물하여 바로 무쳐 낸다. 여름철에는 단배추의 속이 적어서 파란 아기 배추 나물은 없다. 그때그때 다른 반찬으로 대체한다. 다음은 어묵 반찬이다. 흰살생선으로 만들어져 나오는 어묵은 그냥 먹어도 맛이 있다. 어묵 자체에 맛을 살리기 위하여 간은 최소한 적게 하고, 하얗게 조리하여 완성 시킨다.

살며 배우며 걸어 온 길

나는 아침 8시쯤이면 일어난다. 늦어도 8시 30분에는 미꾸라지를 압력솥에 넣고 불을 켠다. 미꾸라지가 삶아지는 동안 시래기를 헹군다. 이모들(우리 식당에서 일하시는 여자분들을 나는 이렇게 부른다)이 출근하기 전이라도 주방 안은 미리 해야 할 일들이 많다. 이모들은 10시가 되면 식당으로 출근한다.

코로나19로 많은 사람이 격리되고 모두 바깥에 나가기 무서워할 때, 우리 '봇또랑 추어탕' 식당도 손님이 줄어들었다. 나는 이 기간을 이용하여 식당 인테리어 공사를 시작하였다. 안쪽에 있던 주방을 앞으로 옮겼다. 이제 주방이 제대로 자리를 잡았다. 식당 내부 공사를 하는 중에도 차를 타고 지나가던 우리 집 손님들은 차를 세워 놓고 내려서, 가게가 인테리어에 투자를 하니 보기 좋다고들 하였다. 돈을 벌고도 단장을 안 하는 가게들도 많다며 '봇또랑 추어탕' 주인은 가게를 이렇게 안과 밖으로 정성껏 가꾸니 잘 될 수밖에 없다고 격려해 주고 간다. 우리 집에 오시는 손님들도 자기가 다니는 단골집에 손님이 많으면, 그것이 마치 자기 일인 듯 기분이 좋다고 하였다. 그 말씀을 들으면 나는 기분이 정말 좋다. 이렇게들 생각해 주시니 더욱 충심을 담은 음식을 해내야겠다고 마음을 다잡는다.

인테리어를 하면서 나는 기존에 있는 창문을 액자처럼 변형하였다. 그간 10년 가까이 미술관을 다니며 보아온 예술 작품들을 그 액자 창문에 붙이면, 그 나름대로 멋진 식당 갤러리가 될 수도 있겠다고 생각을 했다. 김천에서 처음으로 선보이게 된다는 생각도 했다. 나는 인터넷 뉴스 김윤탁 대표님께 전화로 말씀드렸다. "대표님, 우리 식당 창문을 이용해 갤러리로 꾸미고 싶어요." "그럼요, 여사님이 원하는 사진 내게 다 있잖아요?"

도슨트(Docent/ 미술관에서 일반 관람객들을 상대로 전시물과 작가 등을 안내하는 역할) 교육을 받을 때 사용하였던 사진도 있고, 야외 조각품을 담은 작품 사진이 많다고 하신다. 그리고는 작품 사진들을 내게 카톡으로 보내 주었다. 그중에서 내가 고르면 된다. 대표님은 그중에 문화원 인문 강연을 할 때 내가 찍은 사진은 맨 앞자리 액자에 들어가야 한다고 하셨다. 처음에는 쑥스러웠지만 그렇게 해놓고 보니 손님들은 좋다고들 하였다.

코로나19가 번지던 때, 처음 담아 둔 작품은 나에게 도슨트를 처음 알려 주신 박옥순 교수님이 재직하셨던 수원 경기대학에 있는 작품이었다. 거기에는 끝없이 높고 넓은 미래를 펼칠 학생들의 꿈을 상징하는 작품이 우뚝 서 있다. 나는 '미래로'라는 그 작품을 큰 창의 액자에 담아놓고 싶었다. 그러나 작품을 찍은 사진의 프레임 안에 우리 회원들이 너무 많이 들어가 있어서 작품의 초점이 흩어지고 또 작품이 너무 작게 보였다. 그래서 김천 직지 공원에 있는 교수님 작품 앞에 몇 명의 도슨트 회원들이 나란히 앉은 사진을 큰 액자 속에 담았다.

김천은 혁신 도시가 생길 때 그 안에 안산 공원이 생겼다. 나는 안산 공원에 있는 '창조의 출발'이라는 작품에 눈길이 간다. 긴 다리와 맨발을 형상화했는데, 여기서 느껴지는 힘이 대단하다. 작품을 쳐다보는 이들을 압도하기에 충분하다. 이 작품도 우리 식당 창가 액자에 담았다. 나는 손님들이 안산 공원에 우뚝 서 있는 이 작품을 꼭 보았으면 좋겠다고 생각하고, 식당에 오시는 손님들에게 추천하였다. 이 작품을 안산 공원에 가서 그 앞에서 보려고 하면, 바닥에서 하늘을 쳐다보듯 해야 볼 수가 있다. 그냥 아무 생각 없이 가서 보기만 하여도 힘이 불끈 들어가는 느낌을 준다. 정말 감상하기에 좋은 작품이다.

액자에 넣어 창에 내건 또 다른 작품들 가운데는 이해인 수녀님의 사진도 있다. 이해인 수녀님 시와 관련된 이야기는 이러하다. 이해인 수녀님과 박옥순 교수님은 같은 성의여고를 나왔다. 수녀님의 시를 좋아하지 않는 사람은 없을 것이다. 박옥순 교수님은 도슨트 회원들 카톡 방에 가끔 수녀님 시를 올렸다. 나는 아침 일찍 일어나 식당 문 앞에 앉아 댓글을 달았다. 숙제하듯 그의 매일 행복한 아침을 열었다. 수녀님의 시를 만나게 되었고 그 시들이 좋았다. 해인 수녀님 시를 올리는 단톡방을 내가 만들었다. 물론 교수님과 상의를 하였다.

당시 김천 교육지원청에 새로 부임한 마숙자 교육장님도 우리 식당에 자주 왔다. 예약을 늘 한옥으로 하였다. 교육장님은 깍두기 국물을 좋아하였다. 그래서 나는 깍두기 국물을 꼭 따로 내어놓았다. 우리 집 추어탕을 좋아하셨던 전 경상북도 이영우 교육감님 때부터 마숙자 교육장님은 우리 집을 알고 있었다고 한다. 어느 날에는 내가 수녀님의 시를 적어 식당 바깥벽에 걸든지 붙이든지 할 것이라고 하였다. 그랬더니 마 교육장님은 내가 "제가 할게요" 했다. 작은 액자에 수녀님의 시를 담아 왔다.

그 액자들을 걸어 놓으니 우리 식당에도 작은 포토존이 생겼다. 그날 교육장님, 구선옥 선생님과 셋이서 수녀님 시가 담긴 액자 앞에서 사진을 찍었다. 그 사진은 지금도 식당 안에 걸어 둔 많은 사진 가운데서 돋보인다. 마숙자 교육장님은 식사가 끝나고 가실 때에는 늘 한옥에서 나와서 새롭게 단장한 식당 주방 앞까지 와서 고맙게 잘 먹고 간다고 인사를 하고 갔었다. 늘 활짝 웃는 모습이 매력적이다. 교육장님은 많은 사람을 끌어안는 모습이 내게는 멋져 보였다.

이영우 교육감님께서도 식사를 마치고 가실 때에는 나를 기다렸다가 힘을 북돋우시는 인사를 해 주시곤 했다. 교육감님과 오시는 직원들은 더러는 고급 고기도 먹고 싶은데, 교육감님은 여기만 오신다는 이야기를 웃으며 하기도 하였다. 지금은 퇴직한 교육청 직원 부부가 얼마 전에 와서 그때 이야기를 하였다. 교육감님은 고속도로로 차를 타고 어디를 가는 길에 김천 봇또랑에 들러 추어탕 먹고 가자고 하셨다는 것이다. 그때 자신이 고속도로에서 전화로 예약하였던 기억을 불러내며 이렇게 말했다. “교육감님은 파란 ‘아기 배추 나물’도 좋아하셨지요?” 내가 말하였다. “아! 네, 그랬어요. 서민 음식을 좋아하셨어요.”

한옥 마당에서 시래기를 삶고 이튿날 쓰려고 고무 함지박에 담아 보자기를 덮어 놓으면, 저녁 손님들은 모두가 보기 좋다고 한마디씩 했다. 파란 시래기가 깨끗하고 예쁘게 담겨 있다고 옆에는 미꾸라지가 힘차게 움직였다. 어떤 날은 낮에 큰 고

무통에 미꾸라지가 많이 들어 있었는데, 고양이가 통 끝에 올라 앉아 미꾸라지를 잡아 죽이고 있었다. 한옥 마루 끝에 앉아있는 손님들이 그 광경이 신기한지 가만히 구경하고 있었다. 고양이도 도망가지 않고 미꾸라지를 잡아 죽였다. 나는 고양이를 쫓아내었다. 그런 광경들이 내 머릿속을 스쳐 지나간다.

가을이면 국화꽃이 마당 돌 틈 사이로 뻗어 나와 피어서 가을을 노래해 준다. 봄에는 봄대로의 정경이 있다. 마당의 지하수 샘 옆으로 돌절구통이 두 개가 나란히 있는데, 한 통에는 부레옥잠을 다른 한 통에는 물 위에 떠 있는 부평초를 가꾼다. 나는 물 위에 평화롭고 유유히 뜬 부평초가 좋았다. 발버둥을 치지 않아도 평화롭게 떠 있는 부평초 사는 모습이 좋았다. 가끔 물 호스로 물을 뿌리면 부평초는 물 위아래로 자맥질을 한다.

어느 해인가 부레옥잠을 물속에 심어놓고 거름을 넉넉하게 하였더니 잎과 꽃이 싱싱하고 색깔도 아름다웠다. 그 해처럼 다시 키워 보려고 몇 년째 돌절구통에 물을 담아 부레옥잠을 띄워 보았다. 그때처럼 꽃은 아름답게 피어나지 않았다. 내 뜻대로 키울 수가 없었다. 꽃을 피울 수도 없었다. 지금 이 순간, 나는 다시는 돌아오지 않을 아름다운 꽃들을 내 마음속

뜨락에 채우고 있다. 모든 순간은 뒤돌아보지 않고 바람처럼 스치고 지나갈 테니까.

나는 내 식당을 열면서 친구들과 다른 식당의 추어탕을 먹으러 가 보았다. 반찬이 정갈하게 잘 나왔다. 맛있게 먹었다. 식당을 새로 내는 사람이 다른 식당을 찾아가서 음식을 먹을 때는 맛을 어떻게 내는지 배우려고 해야 하는데, 나는 그냥 친구들과 먹는 데에만 몰두하고 왔을 뿐, 배울 생각을 제대로 하지 못했다. 내 머릿속으로는 어떻게 할지 준비는 하고 있었다. 그런데 어쩌면 공연히 교만하게 생각하여 별 근거도 없이 나는 잘할 수 있다고 생각하였나 보다. 그때는 그렇게 생각이 설익었을 수도 있다. 지금은 이렇게 하면 큰일이 날 것이다.

어디서 나온 배짱과 용기가 나에게 있었는지 나는 김천에서 제일 유명한 추어탕 음식점을 바로 앞에 두고 나의 '봇또랑 추어탕'을 열었다. 처음 시작하는 나는 '음식을 제대로 해내고, 제값을 받자'라는 생각을 가졌다. 말로는 처음에 하루 열 그릇만 팔아도 된다고 하였지만, 일단 준비는 한 번에 40명 손님을 받을 만큼 주방용품들을 준비하였다.

첫날부터 하루 10그릇 이상을 팔았다. 설탕은 노란 설탕을 쓰고, 화학조미료는 전혀 쓰지 않았다. 적어도 5년 이상은 그렇게 하였을 것이다. 손님들 건강을 생각한다는 이유로 미원, 다시다 등을 전혀 쓰지 않았다. 미꾸라지는 4월 5월에는 알이 있어 쌉싸름한 맛이 난다. 그럴 때는 조미료를 조금이라도 넣어야 했는데, 나는 넣지 않았다. 그렇게 추어탕을 끓였다.

그렇게 했더니 도저히 맛이 없어서 못 온다는 사람들이 있다고 한다. 제발 미원이든 다시다든 제발 좀 넣어 달라고 한단다. 성의여고 전 교장 선생님이 전해 주신 말씀이다. 화학조미료를 쓰지 않는다고 해서 오시는 손님도 많았다. 그러나 소수의 손님 몇 분이라도 먹기 힘들다고 하면, 조미료를 조금씩 넣어야겠다고 생각하게 되었다. 지난 몇 년 동안 봄 미꾸라지를 맛을 생각하면 손님들에게 죄송하고 또 죄송하였다.

지금부터 5년 전만 하여도 미꾸라지를 압력솥에 푹 삶아서 바구니에 담아, 거품기로 저어서 미꾸라지가 풀어지면 물을 넣고 걸렀다. 추어탕 양을 많이 끓이고부터는 내가 팔이 아파서 미꾸라지를 거를 수가 없다. 그래서 가는 기계에 힘을 빌린다. 지금은 시대가 많이 바뀌었다. 계속 옛날식으로 하다가는 힘이 들어서 식당을 할 수가 없을 것이다. 나는 벌써 무릎, 팔, 허리 등 성한 데가 없다. 나를 대신해 식당을 이어갈 작은 아들은 벌써 병원에 다닌다. 아들은 해군에 복무하면서 휴가를 나와 서도 일만 한다. 하얀 옷에 모자까지 쓰고 식당 일을 했다.

아들에게 미안한 마음이 든다. 요즘은 쉽게 할 수 있는 편법의 방법도 많지만, 나는 아들에게 이렇게 말한다. “식당 문만 열어놓으면 손님들이 들어오니 이 얼마나 감사한 일이고. 장사는 누가 하든 내 하기에 따라 손님은 같이 따라온다. 힘 안 들이고 버는 돈은 오래가지 않는다.” 오늘도 나는 아들에게 말한다. “장사가 안될 때는 나를 뒤돌아보면 이유를 알 수 있다. 장사는 잘되어도, 안되어도 나를 자주 돌아보아야 한다.”

사실 음식점 운영의 어려움은 식품 재료의 안정된 공급을 받지 못힐 때부터 생긴나. 2005년 여름이었다. 채소를 재배하는 비닐하우스가 지금처럼 흔하지 않을 때여서 장마철이 시작되면 시장에는 푸른 잎을 보기 힘들었다. 김천 추어탕은 단배추 얼갈이를 삶아 끓인다. 그런데 그 해는 장마가 길었다. 배추 채소는 장마가 끝난다고 비로 쑥쑥 자라지 않는다. 그럴 때는 단배추 한 단에 3,800원이었다. 당장 내일 쓸 국거리 배추가 없었다. 황금동 채소 가게에서 배추 15단이 있다고 하여 그거라도 가지고 오라고 하였다.

오전에 단배추 15단이 왔다. 나는 내 눈으로 보고도 단 배추 단이 너무 작아서 믿어지질 않았다. 10단이 들어가는 비닐 봉투에 반도 안 찬다. 배추단을 들고 아무리 보아도 이 단 배추 가격은 너무 비싸다. 차라리 추어탕을 하루 안 끓이는 게 낫겠다. 식당은 오전이 제일 바쁘다. 그러나 바쁜 중에 황금 시장 채소 파는 집에 다시 가져갔다. 도저히 안 되겠다 하고 반품을 하였다. 청양고추도 비쌀 때는 오르는 가격을 말릴 수가 없다. 10 킬로그램 한 상자에 22만 원까지 할 때도 있었다. 단배추가 비싸면 손님들은 추어탕 건더기를 더 찾는다.

봇또랑에서 만난 사람들

나는 음식점을 열고 내 기억에 짠하게 남는 손님들 생각에 내 마음이 무언가 차오를 때가 있다. 사람의 아름다움을 나만이 느낀다고나 할까. 지금은 돌아가셨지만, 우리 집 추어탕을 좋아하셔서 이웃에 사는 부부와 같이 자주 오시던 할머니가 계셨다. 할머님은 거리가 먼 우리 '봇또랑 추어탕' 집만을 찾으신다고 하셨다. 할머님은 나름 개성적이셨다. 작은 말수에 묵직한 힘이 들어가 있었다.

증산 골짝에 사시는 할아버지도 아름다운 분이시다. 할아버지는 내가 보기에는 거의 매일 시내로 나오시는 듯했다. 할아버지는 병원도 가시고 해서 꼭 시내를 나오셔야 하기도 하시겠지만, 어떻게 그곳 산골에서 사실까. 말만 들어도 할아버지의 외로움이 느껴진다. 할아버지는 많은 사람의 얼굴도 보고 외로움을 달래려 더 김천으로 나오시는 것 같았다. 나는 오시면 더 신경을 쓴다. 할아버지는 어떤 날은 초콜릿을 싸와서 남들 몰래 내게 주신다. “사장 혼자 먹어”라고 한다. 어떤 겨울 장날에는 붕어빵도 싸 들고 오신다. 이렇게 하시지 않아도 된다고 해도 매양 그러신다. 때로는 할아버지에게 받아먹는 것이 미안하기만 하다. 또 뭘 가져다주며 “혼자 몰래 먹어”라고 한다. 할아버지가 혼자 추어탕을 드시면 자주 들여다보고 더 필요하신 것이 없을까 하고 조금 더 신경 썼을 뿐인데, 그게 그렇게 와닿았나 보다. 나도 때로는 할아버지 반찬들을 챙겨 드리고 한다.

그 뒤로 차를 타고 지나다가 길에서 할아버지를 발견할 때가 있다. 일부러 내가 모른체하고 지나칠 때도 있었다. 혹시라도 내가 인사를 하면, 우리 집에 오시지를 않아서 할아버지 스스로 미안해하실까 봐서 그런다. 만약에 지금 살아 계신다면, 외로움에 몸서리치고 계시지는 않을지 할아버지를 생각하면 내 마음에 휑하고 찬 바람이 치고 지나간다.

올해 여름 인근 남산병원에서 그동안 휠체어에 할아버지를 태우고 추어탕을 드시러 오시곤 했던 요양사 선생님을 만났다. 할아버지는 없고 혼자였다, 대충 헤아려 보니 우리 집에 오신지가 두 달 정도 지난 것 같다. 나는 "할아버지는요" 하고 물었다. 그 요양사 선생님도 놀라 반가워하며 "할아버지 하늘나라 가셨어요" 한다. 나는 깜짝 놀랐다. 할아버지가 몸이 불편하여 휠체어를 타기는 하셨지만, 추어탕은 한 뚝배기 다 비우셨었다. 나는 주방 형님한테 말했다. 형님 저 할아버지 참 잘하시지. 옆에 요양원에 계시는데 저렇게 드시고 싶은 것이 있으면 요양사 선생님에게 먹으러 가자고 하여, 나올 수 있으면 나오시니 얼마나 잘하시는 일이냐고 말하곤 했다. 요양사 선생님에게서 그날 들은 이야기인데 할아버지는 일주일에 두 번인가 세 번씩 4시간 정도 걸려서 병원에서 신장투석을 하였다고 한다. 투석을 하면서도 드시고 싶은 식사를 잘하신 것도 복이라는 생각이 든다.

이제는 지좌동 할아버지 이야기를 써야겠다. 할아버지는 코오롱 회사에 다니는 작은아들과 잘 오셨다. 봄까지만 하여도 할아버지 걸음걸이가 그리 불편하게 보이지는 않았다. 그런데 지금은 혼자 걷는 걸음이 온전하질 않다. 나는 할아버지가 가게로 들어오시면 얼른 가서 손을 잡아드린다. 어린 아기를 대하듯 해 드린다. 지좌동에서 우리 집 식당까지는 택시비가 적어도 6,500원은 든다. 택시로 왕복하면 1만 3,000원이다. 추어탕 한 그릇 만원이니까 할아버지가 점심 한 끼를 드시는 데는 2만 3,000원이 드는 셈이다. 돈이 많이 있어도 이렇게 점심을 드시는 어른들은 흔하지 않다. 걸어서 다닐 힘이 있을 때 부지런히 다녀야 한다. 나는 우리 아들이 나가는 일이 있으면 할아버지를 꼭 차로 모셔다드리라고 한다. 때로는 할아버지가 아들 나갈 때를 기다렸다가 타고 가실 때도 있다.

어제는 그 할아버지가 우리 식당에 오셨다. 나는 얼마 전 허벅지에 섬유종이 생겨 수술을 받고 실밥을 뽑은 지 일수일도 되지 않아 주방에서 추어탕만 뜨고 있었다. 그런데 내 눈에 바로 보이는 테이블에 앉아있는 한 가족 중에 할아버지와 작은아들이 있다. 나는 느린 걸음으로 할아버지 앞으로 갔다. “아니, 아드님 혼자 오랜만에 오신 줄 알았더니 오늘은 온 가족이 다 오셨네요” 하고 둘러보며 인사를 하는 중에 할머님도 내 눈에 들어왔다. 나는 작은 아들을 바라보면서 물었다. “옆에 계신 분은 어머님이신가 봐요? 한 번도 같이 오신 적이 없는 듯해서요.” “어머님이 맞아요.” 부모님 두 분 다 잘 생기고 키도 크다. 저렇게 한 상에 앉아 큰아들 작은아들 그리고 며느리와 딸들이 다 모여 식사를 하시는 모습이 보기 좋다. 언제까지 저 모습 그대로 할아버지 할머님께서 건강하시길 마음으로 빌었다. 이런저런 손님들을 보면서 때로는 나의 노년을 미리 그려보기도 한다.

전국 씨름대회가 우리 김천에서 열린다고 한다. 그날 우리 음식점협회 회원 중에서 향토 음식 대회에 참가할 식당을 찾고 있었다. 나도 추어탕을 가지고 출전하기로 하고 신청을 하였다. 이런 대회에 내 음식을 출품하기 위해서는 어떻게 준비하고 어떻게 차리는지를 배웠다. 일주일에 두 번 수업이 있었다. 나는 이때 나와는 다른 메뉴로 식당을 하는 사장님들도 만났다. 모두 음식에 대하여 배우고자 하는 열정들이 가득했다.

음식을 출품하는 당일 아침 나는 특별히 따로 준비할 게 많지 않았다. 반찬은 가게에서 평소에 손님상에 내어놓는 그대로다. 밥은 아침에 미리 해서 스티로폼 박스에 넣어 가지고 왔다. 추어탕은 마련해 둔 추어탕 국솥을 휴대용 가스레인지에 얹어서 끓이기만 하면 된다. 내가 출품한 추어탕은 주재료인 미꾸라지만으로 추어탕 맛을 낸다. 들깨나 곱창 등으로 주재료의 원래 맛을 왜곡하는 것은 나의 추어탕에는 용납되지 않는다. 미꾸라지로 만든 추어탕이라면 온전히 미꾸라지 맛을 내는 것이 중요하다고 나는 생각한다.

다른 식당들은 어떤지 살펴보았다. 반찬을 준비하는 데에 평소와 다르게 신경을 많이 쓰는 눈치였다. 내 생각은 반찬들에 화려한 장식이 들어가고 반찬 가짓수가 많으면, 주된 음식(Main Menu)이 보이지 않는다. 나는 이런 내 생각이 적중할까 아닐까, 마음이 조마조마했다. 심사 위원들이 우리 추어탕 앞으로 맛을 보고 지나간다. 음식을 채점할 때는 음식을 눈으로 보는 시각과 맛을 보는 미각 등을 총동원할 것이다. 심사 위원들도 내 생각처럼 심사하였다면 나는 3등 안으로는 들어가지 않을까 하는 생각을 하였다. 우리는 서로의 음식을 칭찬하고, 서로 수고했다며 격려하였다. 그리고 출품한 음식들을 나누어 먹었다. 결과 발표가 있을 때까지 이제 운동장에서 씨름선수들의 열띤 경기를 보면서 힘찬 응원을 보내면 된다.

드디어 향토 음식 시상대 위가 분주해졌다. 향토 음식 대회 시상 차례가 왔다. 나는 몇 등을 하였을까. 가슴이 마구 뛴다. 가슴 뛰는 것이 남들 눈에 보이지를 않아서 다행이다. 이철우 국회의원님과 박보생 시장님 등 여러분들이 시상할 준비를 하고 서 있다. 우리와 마주 보고 섰다. 나는 대상은 바라지도 않는다.

역시 대상은 직지사 식당가에 있는 산채 정식이 선정되었다. 금상부터는 나도 기대를 하였다. 내 바람대로 나는 금상을 받았다. 난 경연에 나가 보지는 않았지만, 이렇게 애를 태우며 상을 받은 것은 처음이다. 추어탕 식당을 하는 사람으로서 추어탕으로 금상을 받은 것은 나에게는 큰 기쁨이었다. 상금으로 70만 원을 받았다. 경연에서 받은 상금 절반은 시에서 운영하는 '인재 양성 재단'에 기부하였다. 같이 상을 받은 다른 회원들도 같이 기부를 하였다.

 # 함께 울고 웃던 형님들 이모들

멀리 떨어진 공단에서 음식 예약이 들어올 때가 있다. 이런 일이 있었다. 현대 모비스에서 전화로 음식 예약이 들어왔다. 서울에서 내려오는 임원진들과 온다는 말을 굳이 하는 것은 신경 써서 더 잘해 달라는 것이다. 전에도 이런 방식으로 예약을 하고 온 적이 있다. 그런데 예약한 시간이 지나도 손님들은 오시질 않는다. 그때 예약하신 손님으로부터 전화가 왔다. "회의가 길어져 예약 시간보다 조금 늦게 도착할 겁니다."

그리고 30분 이상 늦게 도착하였다. 전에 우리 식당에 오셨던 사람들도 있었다. 예약하면서 식사할 방은 한옥으로 해 달라고 하였다. 미리 차려진 식탁에 미꾸라지 튀김이 나오고, 튀김을 다 드시기 전에 밥과 추어탕을 내어놓는다. 우리는 매일 보는 풍경이라 익숙하다. 한꺼번에 추어탕이 여러 개씩 나온다. 뚝배기 속 추어탕이 바글바글 끓는 소리가 정겹게 들린다.

이때 내가 하는 말이 있다. “맛있게 드세요. 추어탕이 부족하시면 편하게 더 달라고 하세요.” 그리고 이어서 “맛있다고 더 달라고 하시면 저는 늘 신이 나거든요”라고 덧붙여 말한다. 오늘 처음 오신 손님 한 분은 ‘뭐 이런 곳이 다 있지’ 하는 표정으로 나를 쳐다본다. 또 다른 손님은 “여기, 사장님은 맛있다고 하면 얼마든지 내어 주십니다. 많이들 드세요”라고 한다. 그날 우리는 상에 반찬이 줄어들 때마다 미리미리 반찬을 채워 드렸다. 늦은 점심때라 배가 많이 고팠을 것이다. 상마다 추어탕을 한 뚝배기씩 미리 쭈욱 내어놓았다.

이렇게 우리 식당 식구들이 소리 없이 잘 이어가고 있는 데는 주방 형님들도 큰 몫을 하고 있다. 잠시 일이 있어 쉬고 다시 돌아온 형님들, 내 집 일을 하듯 일을 몸에 붙여서 한다. 너무나 든든하다.

시댁 아버님은 몇 년을 암으로 고생하시다가 돌아가셨다. 별세하셨다는 전화 연락을 오전 10시가 다 되어서 받았다. 나는 가게 문을 닫고 시댁으로 가려고 하였다. 형님들은 "문을 열어놓고 가면 우리가 알아서 장사를 잘할게"라고 하였다. 그래도 나는 "장례를 다 모시고 오면 몇 날은 걸려요"라고 하였다. 형님들은 그래도 할 수 있단다. 지금까지 '봇또랑 추어탕' 하면 문을 닫지 않는 식당이라고 손님들은 기억하고 있었을 것이다. 문을 닫으면 많은 손님이 왔다가 돌아간다. 그런 일은 없어야 한다는 생각에는 모두 같은 마음이었다. 그때도 형님들 덕분에 식당 문을 닫지 않고 문을 열었다. 나는 지금까지도 우리 집에 일하던 형님이나 이모들을 돈 관계로 의심해 본 일은 한 번도 없었다. 내가 믿는다는 걸 아니까 형님들도 내가 없어도 식당에 문을 열고 장사를 하지 않았을까 싶다.

다른 식당에서는 일할 사람이 없어 문을 닫는 데도 있다고 듣는다. 우리 식당에는 나보다 나이가 네 살 더 많은 형님이 있다, 나도 주변 사람들에게서 야무지다는 소리를 듣는데, 내 눈에는 형님이 나보다 더 야무지게 보인다. 주방 일 할 때도 실수가 거의 없다. 형님은 아마 우리 집에 있은 지가 15년은 되었을 것이다. 형님이 나오면 그날은 손님들이 많이 들어 와도 아무런 걱정이 없다.

나는 아침부터 나 혼자 떠들 때가 많다. 내가 원래 즐겁게 말하는 걸 좋아하지만, 아무 말도 하지 않고 일을 시작한다면 하루를 시작하는 분위기는 너무 딱딱할 것만 같다. 가끔은 나는 셀프 칭찬도 섞어가며 한다. 예를 들면 "형님 내가 이렇게 이야기를 하지 않고, 주인이란 것이 입을 꾹 다물고 있으면 주방 분위기가 어떻게 되겠어요"라고 한다. 아무 말 하지 않고 일을 시작하던 형님도 "그래, 맞다. 주인이 코를 빼고 말 한마디 없이 앉아있으면, 일하는 우리는 주인 꼴보기 싫지 뭐"하고 맞장구를 친다. 나는 내가 잘못한 이야기, 자신이 때로는 바보 멍청이 짓을 하였다는 실수담을 늘어놓는다. 이런 이야기를 내가 먼저 함으로써 주방 분위기는 화기애애해진다.

손님들은 내가 나이가 더 들어 보인다고 한다. 몇 년 전만 하여도 속으로는 듣기 싫은 소리로 들렸다. 그러나 이제는 그러려니 하고 속으로도 흘려듣는다. 형님도 나도 이제는 몸만 아프지 않으면 된다. 우리 집에서 함께 일하며 지냈던 속구미 마을의 지명 형님은 우리 집에 처음 왔을 때부터 내가 감싸 주어야겠다는 생각이 들었다. 그 생각은 지금도 마찬가지다. 밥을 먹지 않고도 배가 고프지 않다는 형님이다. 정말 새 모이 먹듯이 밥을 적게 먹는다. 우리 집에서 일할 때는 신경이 많이 쓰였었다. 믹스 커피를 마실 때도 뜨거운 물을 조금 넣고 찬물을 많이 부어서 분위기 없이 훌쩍 들이키고 만다. 정이 많고 마음이 여리다. 추석이 지나고 또 우리 집에 오고 싶다는 형님이다.

지금 시래기 삶아 주는 이모는 나보다 나이가 두 살 아래다. 우리 집 이웃에 산다. 서울에서 남편을 따라 내려와 있는데, 몇 년 있다가 간다고 한다. 남편이 갈 때까지 하루에 다만 몇 시간이라도 계속 같이 있어 주면 좋겠다. 이모는 너무 착해서 나쁜 사람들에게 이용당할까 걱정이 된다. 속마음이 아주 아주 따뜻한 사람이다.

내가 식당을 하면서 내 바로 위에 있는 언니 이야기를 빼놓을 수 없다. 중매까지 해 준 언니이다. 성격이 시원시원한 언니는 어디를 가나 인기가 좋다. 우리 집으로 놀러 온다고 할 때도, 문 열고 들어오면 바로 일할 거리부터 눈에 뜨인다고 한다. 우리 집은 워낙 큰 집인데다가 구석구석 짐이 들어차 있다. 언니가 없으면 우리 집은 엉망진창이 될 것이다. 내 방까지도 언니가 자주 와서 청소하고 정리 정돈을 해준다. 길게 와 있을 땐 일주일도 더 있을 때가 있다. 그러면 언니가 힘들고 지겨워하는 모습을 보인다. 그러면 내가 "우리 언니, 이제 집에 갈 때가

다 되었다. 오늘 가." 주방 형님들과 힘든 언니를 웃으며 놀린다. "나는 일을 길게 못 한다" 하며 언니가 웃는다.

언니는 일을 몰아쳐서 한다. 다른 사람들 보다 일을 많이 한다. 그러니 힘들 수밖에 없다. 그렇게도 몰아쳐서 일하지 말라고 하여도 듣지 않는다. 개인택시를 하는 형부도 언니와 같이 온다. 전기제품 수리, 청소에서 서빙까지 바쁠 때는 안 하는 것이 없다. 형부가 우리 집 일을 해주시는 것도 고맙지만, 언니에게 잘해줘서 더 고맙다. 언니 부부가 모두 건강하게 오래도록 살았으면 하고 기도한다.

나는 아들에게도 이렇게 말한다. "네가 더 앞으로 성장해 나아가려면 칭찬은 마음에 새기고, 내 잘못을 지적해 주는 사람과 가까이해야 한다. 상대가 나를 진심으로 대한다면 직언의 말도 곱게 받아들일 줄 알아야 성장할 수 있다."

나누고 보니 보이는 것

1988년 추석을 며칠 앞두고 시동생들이 부모님께 미리 추석 인사를 드리려고 본가에 왔다. 추석 선물로 식용유 1.8리

터짜리를 여러 병 가지고 왔다. 그 시절에는 명절에 식용유 선물 세트가 상당히 인기가 있었다. 시어머님은 선물로 들어온 식용유를 나에게 세 병이나 주셨다.

나는 추석이 다가오니 나보다 가정 형편이 어려운 집에 무엇으로라도 나누고 싶은 마음이 들었다. 사실은 나도 없는 형편이라 마땅히 나눌 것이 없었다. 그런 생각을 하던 차에 때맞추어 얻어온 식용유가 생겼다. 한 병은 내가 쓰고 남은 두 병을 나누어 쓰려고 마음을 먹었는데, 내가 마련한 것도 아닌데 무슨 큰 선심이나 쓰는 것 같았다. 누가 내 마음속을 들여다보면 흉보지 않을까 조금은 망설여지기도 하였다. 그러나 나는 이미 나누어 쓰기로 마음을 먹고, 우리 동네 남산동사무소를 향했다.

우리 동네는 우리 집보다 형편이 어려운 집들이 더러 있었다. 연탄 나르는 리어카 정도 겨우 다닐 수 있는 좁은 골목을 지나면, 김천 특산 과하주 담글 때 그 물을 썼다는 샘이 나온다. 물을 길으러 나온 사람들 가운데에는 샘을 관리하는 아저씨도 있었다. 그 아저씨네 집은 마을과 산자락이 경계를 이루는 곳에 있다. 잘 다져진 흙길을 따라 걸어 오르면, 집은 보이질 않고 정성 들여 가꾼 듯한 화분의 꽃들이 먼저 나를 반긴다. 집으로 들어가는 계단과 안으로 보이는 작은 정원은 정성을 많이 들여 만든 것 같았다. 아늑하고 예쁘다.

나는 늘 우리 동네 뒤쪽 이 산을 바라볼 때면, 산 입구에 있는 이 집이 궁금하였다. 궁금증을 자아내기에 충분하였다. 집 주변이 대나무와 작은 나무들로 둘러싸였고, 작은 돌계단을 오르면 담쟁이넝쿨에 덮일까 말까 한 작은 창문이 있었다. 이 창이 있어서 이것이 집이라는 걸 일러 주는듯하다. 동화 속에서나 상상해 보던 정경이라 아니 할 수 없다. 대나무와 담쟁이 사이로 나 있는 길을 따라 돌아가면, 대낮에도 어두컴컴한 방으로 들어가는 문이 있었다.

그 집을 두고 동네 사람들은 '돼지 집'이라고 부른다. 아들 별명이 돼지라는 걸 나중에 알았다. 아저씨는 키가 좀 작고 얼굴이 납작하여 순해 보였다. 아주머니는 아저씨보다 나이가 더 많을 듯 보였다. 아주머니는 언제나 머리가 하얗게 날리었고, 약간 더벅머리를 하고 있었다. 다리가 좀 불편한지 걸음을 걸을 때면 온몸이 약간 옆으로 기우는 것 같았다. 장애가 있지만, 그리고 가난하지만 털털한 성격에서 나오는 너털웃음 소리를 들으면 그의 행복 지수가 높게 느껴졌다.

남산동 동사무소는 연노랑 페인트칠을 한 2층 건물이다. 가을날 오후의 햇살이 동사무소 건물에 따스하게 비치어 들고 있었다. 나는 용기를 내어 문을 열고 들어갔다. 반듯한 얼굴의 젊은 남자 직원에게 식용유 두 병을 내어놓고 내가 말했다. “혹시 추석에 식용유가 필요한 집이 없을까요?” 동사무소 직원은 “예, 그럼요” 하며 흔쾌히 식용유를 받아들었다. 그러고는 내게 말했다. “주신 식용유를 필요한 집에 잘 전하겠습니다.”

나는 내 행동에 그 어떤 뿌듯함을 느끼며 나오다가 식용유를 돼지집에도 나누어 주어야 하는데 하는 생각이 번쩍 들었다. 나는 집에 남은, 내가 쓰기로 했던 마지막 한 병을 주기로 마음먹었다. 집에 와서는 바로 갖다 드렸었다. 그 집 아저씨는 고정된 직장 없이 동네 집들을 고쳐주며 살아가는 형편이었다. 나는 시댁에서 가져온 감자, 고추, 채소 등을 밭이 없는 그 집에 자주 갖다주며 나누어 먹기도 하였다.

그때까지만 해도 시골에서는 전을 부칠 때 이렇게 했다. 먼저 무를 손에 잡을 수 있는 짧은 막대처럼 만들어 준비한다. 그리고 옆에는 식용유도 작은 그릇에 비워 놓는다. 그런 다음에 무쇠솥 뚜껑을 뒤집어 그 안에 기름을 숟가락으로 두어 번 떠 넣은 다음, 무 손잡이를 잡고서 넣어놓은 기름을 한 바퀴 휙 돌린다. 비싼 식용유를 적게 쓰고도 전이 눌어붙지 않도록

하는 것이다. 그 시절 어른들의 오래된 절약 경험에서 나오는 생활의 지혜를 엿볼 수 있다.

내가 홈패션 가게를 할 때이다. 이불, 요, 방석 등을 만들고 남는 자투리 천으로 베개를 만들어 장애인들에게 나누고 싶었다. 지체 장애인 사무실로 전화를 걸었다. 얼마 후 내가 만들어 놓은 스무 개의 베개를 어떤 아저씨가 오셔서 큰 자전거 뒷자리에 합판을 깔아놓고 높이 쌓아 올렸다. 자전거 페달을 밟고 출발하는 아저씨의 하얀 얼굴이 눈에 선하다. 마음이 뿌듯했다.

나는 장애인들에게 베개를 보내면서 내 아버지를 다시 생각하게 되었다. 나의 아버지는 어릴 때 친구들과 놀면서 높은 곳에서 뛰다가 다리를 다쳤다. 그래서 평생 한쪽 다리를 절뚝거리며 걸었다. 내가 본 아버지는 무논과 밭갈이를 소를 몰고 다니시며 다 하셨다. 남들이 하는 일은 아버지도 그대로 다 하시는 듯 보였다. 그러나 들에서 지게에 지고 오시는 짐 높이는 다른 사람들보다 조금 낮아 보였다. 친구들 아버지보다 나의 아버지는 부지런하셨다.

우리 집에는 마을 가운데 큰 밭이 있었다. 어린 나의 눈에는 학교 운동장보다 크게 보였다. 다른 집 아버지들은 밭일은 주로 엄마들이 하였는데 우리 아버지는 달랐다. 엄마가 밭에 일을 나가실 때는 아버지도 같이 가서 일하셨다. 아버지는 당신의 불편한 다리를 탓하지 않았다. 나는 아버지가 대단하다고 여겼다. 존경스럽게 보였다.

나는 장애를 갖지 않은 데에 감사하며, 그 감사가 장애인에 대한 나의 나눔으로 이어지기를 바랐다. 아이들도 건강한 몸으로 태어나 주어서 나는 늘 감사하는 마음을 가졌었다. 그래서 몸이 불편한 사람들에게 관심을 더 가지게 되었던 것 같았다. 나는 장애인들에게 베개를 만들어 보내면서 내 아버지를 다시 생각하게 되었다. 자투리 천으로 베개를 만들었지만, 자투리 천으로 이어 붙인 것은 아니었다. 사랑과 정성을 들여서 기쁜 마음으로 만들었다.

2005년 4월에 김천에 장애인 종합 복지관이 건물을 새로 지어 문을 열었다. 나는 어떻게 하면 내가 장애인들에게 도움이 되는 사람이 될까를 생각해 보았다. 내가 종일 해야 하는 생업이 있으니, 몸으로 하는 봉사는 한계가 있었다. 얼마간의 돈으로라도 어려운 이웃과 나누리라 하고 마음을 먹었다.

용기를 내어 20만 원을 봉투에 넣어서 장애인 복지관으로 택시를 타고 갔다. 은행에 가서 이체해도 되겠지만, 내가 직접 가서 장애인 복지관도 둘러보고 복지 사정 이야기도 듣고 싶었다. 복지관 건물은 크고 훌륭해 보였다. 직원의 안내를 받으며 들어간 곳은 어디인지 생각이 나질 않는다. 복지관 관장님 방이 아닐까 싶다. 나는 거기서 내가 용기 내어 택시를 타고 여기에 온 이유를 말했을 것이다. 내가 들어올 때 나를 맞아 준 사람이 내가 자리에서 일어날 때도 예의 바른 자세로 문밖까지 따라 나와 인사를 하였다. 오는 길에도 나는 택시를 불러 타고 왔다. 늘 보던 시내 풍경인데도 오늘따라 더 아름답고 정겹게 보였다.

내게는 나눔의 원칙이 있다. 내가 할 수 있는 만큼만 한다. 일시적인 기분에 무리하게 시작한다면 길게 하지 못한다. 이런 일도 있었다. 나는 동네 어르신들에게 국수 나눔을 일주일에 한 번씩 하기로 하고 시작을 하였다. 내 나름으로 고심 끝에 내린 결정인데, 네 번 하고 접었다. 마음만 앞서서 준비 과정이 부실했다. 어떤 준비가 모자랐던가. 계절이 겨울이라서 어른들은 따뜻하면 많이 나오시고 추우면 몇 분 안 나오셨다. 이걸 예측할 수 없었다. 그런데 내 마음 한구석에 걱정이 있었다. 판이 커지면 내가 이 일을 다 감당할 수 있을까 하는 걱정이 바로 그것이었다. 그래서 내가 할 수 있는 만큼만 길게 하

자. 이 말을 마음에 새기면서 그 나눔 봉사를 중간에 접었다.

그해 겨울 가게에 불이 나고, 꽃 피는 봄이 되었다. 남들의 권유로 용기를 내어 추어탕집을 하게 되었다. 노인종합복지관에서 어른들 도시락 배달하는 친구가 내게 말했다. "준희 엄마, 자기도 혼자 계시는 노인들 위해 국 끓여 드리는 봉사 좀 해 주라." 나는 친구 말에 흔쾌히 대답 하였다. "응 그래, 나도 할게. 근데 한 달에 국 도시락 몇 개 하면 되는 거지?" 보통 한 달에 열 통 정도 한다고 하였다. 이렇게 시작한 봉사가 햇수로 벌써 17년을 이어오고 있다.

내가 제일 먼저 시작한 나눔 활동은 지체 장애를 돌보는 단체와 한 번씩 하는 나눔 활동이었는데, 어쩌다가 이 나눔은 다른 단체 봉사 활동에 밀려나게 되었다. 죄송한 마음이다. 내가 먼저 그 나눔을 향하여 다가서야겠다.

2013년부터 점심 기부를 하면서 나는 청각 언어 장애인 지회 가족들과 가까워졌다. 그들과는 일일이 손을 잡고 안부를 묻고 나누는 친밀한 사이이다. 언젠가는 점심 먹고 함께 미술관 나들이를 하기도 하였다. 그들은 장애로 입에서 똑바른 발음의 말이 되어 나오지 않아도 그림에 대하여 할 말이 많은 듯했다. 그냥 불완전하지만 큰 목소리로 말을 한다. 그중에 말이 없던 할머니 한 분은 1층 계단 앞에 있는 조각작품 설명 중에 아이들 생각이 난다며 눈물을 글썽였다. 이럴 때는 나도 감화를 받는다. 나는 미술관에 자신의 조각작품을 기증하신 박옥순 교수님께 도슨트를 배우고 수료증을 받았다. 덕분에 미술관과 가까이하게 되고, 그 경험이 있어서 청각 언어 장애인들과 미술관 나들이를 하곤 했었다.

성의여자고등학교 안에 '해인 글방'이 있다. 이 학교와 인연이 있으신 이해인 수녀님의 문학활동을 기리는 방인데, 일반 시민들에게는 출입이 허용되지 않는다. 그런데도 교장 선생님께서는 우리 장애인 팀이 온다는 연락을 주시면, 문을 열어 주겠다고 하셨다. 미리 약속하고 청각 언어 장애인들과 함께 가서 수녀님의 시를 낭송하기도 하고, 수녀님 조각상 옆에서 사진도 찍었다. 그들 장애인에게는 새로운 경험이 되었다고 하였다.

2019년에는 시각 장애인들과의 인연이 있었다. 내가 운영하는 식당에 오시는 손님 중에서 앞이 점점 보이지 않는다는 분이 있었다. 나는 시각장애인협회 지회에 전화하였다. 나는 추어탕을 하는 식당 주인인데 장애인들과 추어탕으로 점심을 나누고 싶다고 하였다. 그랬더니 처음에는 지회 사무실에서 밥을 해 먹을 때도 있으니 추어탕만 주셔도 되겠다고 하였다. 나는 25명 정도 먹을 수 있는 추어탕은 끓여 보냈다.

그런데 나중에 사무실에서 추어탕을 먹었다는 소식을 들은 시각 장애인 중 한 사람이 자기가 추어탕을 좋아하는데 그 날 나를 데리고 가지 않아서 먹지를 못하였다고 봉사자 선생님에게 말하였다고 한다. 왜 나를 데리고 가지 않았느냐고 그가 말하기에 봉사자 선생님은 나도 지금 알게 되어서 그때 모시고 갈 수가 없었다고 말하였단다. 이제는 시각장애인들에게 점심 기부를 할때 사무실에서도 하나하나 연락하겠지만, 나도 직접 그 봉사자에게 연락하여 꼭 모시고 오라고 하여야겠다. 지금도 1년에 2회, 점심 대접을 꼭 해 드리고 있다.

미술관 나들이를 갈 때는 걸어서 갈 수 있는 짧은 거리지만 차를 타고 이동하였다. 자원봉사 하시는 분 말씀에 따르면, 이 분들은 바깥에 나오기만 하여도 너무 좋아하신다고 한다. 나는 시각 장애인이 미술관에 가서 비닐장갑을 끼고 조각 작품들을 만져 보게 하자는 아이디어를 내었다. 모두 좋은 의견이라며 칭찬해주었다. 사람들은 아마도 내가 제일 처음으로 그런 활동을 시도하였을 것이라고 말했다.

김천 황악라이온스 회장은 나의 지인이다. 나이로 치면 그 분은 내 동생뻘이다. 그가 내게 말했다. "언니, 뇌경변 환자들에게 점심 봉사해 주면 어때요?" 나는 "응 그래, 그럴게"라고 했다. 이렇게 해서 뇌경변 환자들을 돕는 나눔 활동을 시작하게 되었다.

뇌경변 환자들을 돕기 시작하는 해에 코로나19가 찾아왔다. 손님이 오지 않으니, 우리 식당도 리모델링에 들어갔다. 2021년 10월 14일 추어탕을 통에 담아 이해인 수녀님이 쓰신 시 중에 추석에 어울리는 시 한 편 '달빛 기도'를 한 장씩 추어탕 통 위에 붙여서 자원봉사자들이 집마다 배달하였다. 나도 한 집에 갔다. 가서 보니 전에 살던 아파트의 이웃 아주머니였다.

김천은 정말 좁다. 일찍이 혼자가 되신 아주머니는 풍을 맞아 한쪽 다리를 살짝 절고 있다. 오랜만에 만나 반가우면서도 나는 울컥하였다. 5~6년 만에 만난 아주머니도 눈가를 훔쳤다. 아주머니는 나에게 준희 엄마는 몇 년 전이나 똑같다고 하셨다. 아주머니 옆집에 살던 친구 소식을 전해 드리기도 하며 같이 있다가 뒤돌아서는 나는 마음이 좋지만은 않았다.

어느 해 봄 관광버스를 타고 장애인들이 나들이를 갔다. 나는 얼마간의 돈을 가지고 버스 타는 곳으로 나갔다. 휴게소에서 아이스크림이라도 사서 한 개씩 나누어 먹으라고 그 뜻을 전한다고 나간 것이다. 관광버스 앞에는 시청 직원이 두 사람이 나와 있었다. 그때가 마침 선거운동을 하는 때였다. 선거에 출마하는 후보자들과 그들을 지지하는 사람들 어깨에 띠를 두르고 주말 아침에는 산악회 모임 등 사람이 모이는 곳이면, 한 표를 부탁하며 다닌다. 그런데 여기에는 한 사람도 보이지를 않았다. 장애인들 표도 똑같은 한 표인데 말이다.

인정으로 사는 세상

나는 친정 부모님이 일찍 돌아가셨다. 연세 드신 할아버지, 할머니를 만나면 그 모습에 내 아버지, 어머니 모습이 비친다. 그래서 자꾸만 눈길이 간다. 막내인 나는 친정 부모님께서 살아계실 때 주시는 걸 받기만 하고 효도 한번 못 했다. 두 분이 같은 날에 돌아가셨다. 나는 부모님이 돌아가시고도 제사에 참례도 제대로 못 하는 불효자다.

내가 하는 추어탕 식당에는 노인들이 많이 오시는 편이다. 우리 식당 가까이 복지관이 있다 보니 연세 많으신 어르신 손님도 많다. 나는 칠십 중반을 넘어 보이는 어르신들에게는 추어탕값을 천원을 빼 드렸다. 그런데 점점 손님들의 나이를 가늠하기 어려워진다. 요즘은 75세 나이라 해도, 겉으로 보기에는 너무 정정해 보인다. 일일이 붙잡고 확인을 할 수도 없다. 십 년을 넘게 그렇게 해 왔다. 지금은 다른 손님들과 똑같이 받는다.

연세가 많으신 어른들이 들어 오시면 나는 어제나 큰 소리로"어서 오세요"를 마당에서 외친다. 식사를 마치고 가실 때도 마루에서 내려가 "고맙습니다. 감사합니다"하고 큰 소리로 몇 번이고 인사를 한다.

우리 식당에 오시는 분 중에 김천 중앙 시장에서 옷 가세를 하셨다는 할아버지가 계신다. 지금은 옷 가게를 할머님과 아드님이 맡아서 하신다. 같이 오시는 할아버지가 알려 주셨다. 하루는 내가 조심성 없이 부주의하여 뚝배기의 뜨거운 국을 할아버지 목뒤에 찔끔 흘렸다. 나는 순간 깜짝 놀랐다. 아마도 할아버지는 뜨거워 깜짝 놀랐을 것이다. 그런데 할아버지는 나처럼 놀란 표정을 짓지 않았다. "죄송합니다. 죄송합니다!" 나는 연신 얼음을 물수건으로 싸서 목에 얹어 드렸다. 천만다행이었다. 국물이 떨어진 할아버지 목 뒷부분은 조금 붉게만 살짝 데인 표가 있었다. 화상처럼 부풀지는 않았다.

다른 할아버지들은 웃자는 뜻으로 농담을 하며 국에 덴 할아버지를 놀린다. 그리고 내게는 "또, 한번 쏟아"라고들 하신다. 할아버지들은 내 실수를 두고두고 우려먹었다. 내가 그 할아버지에게 더 신경을 써드린다고 그 할아버지를 놀리며 그 농담에 나를 끌어들이는 것이다. 국에 덴 할아버지는 뜨거웠겠지만, 그 일로 친구 할아버지들에게는 재미를 주었다.

나는 혹시나 집에 가셔서 데인 자리가 부풀어 있지나 않을까 걱정이 되어 그 할아버지의 부인과 아들이 하는 옷 가게를 찾아갔다, 나는 오늘 가게에서 있었던 일을 말씀드리고, 할아버지가 어떤지를 여쭈었다. 할아버지가 가게 안방에서 나오셨다. 할아버지는 밝은 표정을 지으시며, "뭐하러 왔노? 난 괜찮다"라고 하신다. 나는 걱정을 하고 찾아갔는데 마음이 놓였다. "할아버지 데인 목 좀 보여주세요." "뭘 봐 괜찮다."

할아버지는 머리를 숙여 덴 목을 보여주셨다. 데인 흔적이 조금 남아 있었다. 가족들에게 걱정을 끼쳐서 죄송한 마음에 들고 간 추어탕을 드리고 옷 가게를 나왔다. 식당 초창기 때에는 우리 집 건물 중 한옥에서 시작하였다. 옛날식 구조로 된 방이라 어르신들은 방으로 들어오시기에 힘이 들었을 것이다. 지금도 눈에 선하다. 그때 그 어르신들의 모습이 어른거린다. 할아버지 일행들은 대개 75세에서 85세의 연령대이셨다. 주말을 빼고는 매일 노인복지관으로 나오시는 분들이 대부분이었다.

할아버지들이 식사하실 때, 나는 "추어탕 더 드릴까요? 뭐 필요한 것 더 없어요" 하며 식사 자리를 살피고 다닌다. 그러면 할아버지들은 "이러니 어째 안 올 수 있겠노. 밥 안 먹어도 기분이 좋다"라고 하신다. 나는 밝은 표정으로 응대한다. "아유! 잘 봐주셔서 그렇지요. 감사합니다."

한 할아버지는 우리 식당과 가까운 거리에 집이 있다고 하셨다. 예전에는 방앗간을 하셨다고 하였다. 이 방앗간 할아버지는 말이 별로 없었다. 하루는 복지관에 같이 다니는 친구를 데리고 와서 말씀하신다. "이 친구를 내가 여기에 처음 데리고 왔는데, 요즘은 나보다 이 친구가 더 여기를 오자고 한다"라고 하신다. 그러자 그 말을 들으신 친구분 할아버지는 "나만 그러나? 영감들도 다 그러면서" 하며 친구들을 둘러보면 모두가 웃었다. 나는 웃으며 감사하다는 말씀을 드린다. "고맙습니다. 어르신들 덕분에 우리 봇또랑을 찾는 손님들이 많이 오시잖아요."

할아버지들이 나하고 노시는지, 내가 할아버지들과 노는지 그것은 중요하지 않다. 나는 누구와도 대화하며 잘 노는 편이다. 우리 시아버지도 나랑 이야기하는 걸 좋아하셨다. 나는 노인들은 연세가 들수록 젊은 사람들과 이야기하고 싶어 한다고 생각한다. 그래서 우리 시부모님을 대하듯 그분들과 눈 맞추며 손잡아 드리는 것은 괜찮은 효도라고 생각한다.

대략 20년 정도 되었을 때 이야기다. 사업을 하시던 한 지인 사장님이 친구 한 분과 여름 저녁에 오셨다. 나는 여느 때와 다름없이 인사를 하였다. 사장님은 "오늘은 내 친구하고 왔어요" 하며 같이 온 친구를 내게 소개하였다. 그때 옆자리에 자주 오시는 개인택시 지부장님 도 친구를 모시고 왔다. 나는 음식을 챙겨 드리고 바쁘게 다른 자리 손님들을 맞았다. 그러다 중간중간 무엇이 필요한 게 없나 돌아본다. 나는 모든 손님에게 친절하다. 아니, 그렇게 되려고 노력한다.

지인 사장님 일행이 있던 바로 옆자리에서 식사했던 개인택시 지부장님이 나를 부른다. "추어탕 사장님, 아무리 바빠도 내 이야기 듣고 가소"라고 한다. 나는 "무슨 이야기인데요" 하며 엉거주춤 옆에 서 있었다. 지부장님은 먼저 웃기부터 하였다. "아까 내 옆자리에 있던 두 사람 이야기가 너무 우스워서 그 이야기 좀 해 주려고요.” 나는 무슨 이야기인지 궁금했다. 지부장님 이야기는 이러했다.

나의 지인 사장이 데리고 오늘 처음 온 친구가 지인 사장에게 “야, 인마. 식당 주인이 너한테만 그러는(친절한) 게 아니네. 다른 손님한테도 다 친절하구만” 하더란다. 그러자 나의 지인 사장님이 “인마, 내가 언제 그렇게 말했노. 식당 사장이 친절하게 잘 한다고 했지.” 여기까지 이야기하고 지부장님이 나에게 말한다. “보소, 봇또랑 식당 사장이 친절하게 하니 오해하는 사람도 나오네요. 허허” 하였다. 나는 “기분 좋은 오해네요” 하며 웃었다.

다시 몇 년이 지나고, 세놓은 학원이 다른 곳으로 옮겨 가면서 우리 식당이 학원 자리로 들어갔다. 여기는 보통 다른 식당처럼 바닥에서 신발을 벗고 앉아서 식사를 할 수 있는 자리도 있고, 의자에 앉아서 식사를 할 수 있는 식탁으로도 되어 있다. 다리가 불편한 어른들은 의자에 앉기를 좋아하셨다.

1년 전까지만 해도 가끔 보이던 혼자 사는 할머니가 보이지를 않는다. 할머니를 알게 된 지를 헤아려 보니 20년 가까이 되었다. 할머니는 남편도 없고 자식도 없었다. 그래서 그런지 할머니는 늘 힘이 없어 보였다. 내가 할머니를 알게 될 무렵, 할머니의 연세는 일흔 살을 조금 넘었다. 할머니는 우리 봇또랑 식당에서 좀 떨어진, 노실 고개 올라가는 곳에 살았다. 남의 집에 방 한 칸 얻어서 살고 있었다. 할머니는 조용하고 성격이 깔끔하였다. 어딘가 외로워 보여서 가까이 다가가서 손이라도 잡아드리고 싶은 마음이 들었다.

할머니에게는 언니가 한 분 있었는데 동생과 달리 활동적이었다. 정월 대보름 등에 농촌에서 각종 민속 행사가 있을 때면 농악을 하는 팀에서 꽹과리를 쳤다. 언니는 아들과 딸이 있다고 할머니가 말했다. 할머니가 오시면 나는, 할머니 앞에 앉아 이야기를 듣는다. 밥값은 2,000~3,000원 적게 받는다. 할머니는 우리 식당에서 돈을 적게 받으면 다시는 이 식당에 못 온다고 매번 손사래를 친다. 내 속마음은 그냥 무료로 드리고 싶었다. 할머니는 어쩌다 병원에 일찍 가시는 날이면 낮에 오실 때도 있었지만, 늘 저녁때가 되어가면 나오시는 편이었다. 할머니는 다른 사람들과는 잘 어울리지 않는 것 같았다.

할머니가 주로 내게 이야기하는 내용은 지금 사는 집이 불편하여 다른 데로 옮기고 싶다는 것이었다. 그리고 이사 가야 할 집을 찾는데, 마음에 드는 집이 잘 없다며 어려움을 말씀하시곤 했다. 나는 이야기를 들으면 조금 안타까울 때가 많았다.

지금 사는 집도 불편하여 새로운 집을 찾아야 하는데, 내 집이 아닌 다른 사람의 집에 들어가 살려고 하니 쉽지 않았다. 이를 테면 위치가 좋으면 계단이 높아서 불편하여 못 가는 상황 등이 그러했다. 어떠한 방을 보아도 할머니 맘에 드는 방은 찾기가 어렵게 보였다. 때로는 이사를 들어가서 겨우 몇 달을 살고, 다시 방을 얻어 나오기도 하였다고 한다.

그러다가 계단이 불편하다고 하시던 할머니는 오래된 작은 아파트 3층에 이사를 들어갔다고 했다. 내가 "1층이 있었으면 좋았을 텐데"라고 하였다. 여기서는 한 3년 정도는 살고 또 거처를 옮기셨다.

3년 전 봄에 할머니가 오셨다. 나는 반가움에 달려가 "할머니, 왜 한참 안 오셨어요"라고 인사했다. 할머니는 힘없는 목소리로 "이사도 하고 몸도 아프고…" 하시며 무언가 말을 하려는 듯 보였다. "내가 오늘은 가지고 있는 돈을 죽기 전에 어떻게 쓸 건지, 이야기를 해 놓으려고 왔어"라고 하셨다. 아, 연세는 있고 자식조차 없으니 생각이 깊은 할머니가 미리 마무리를 하시려는구나 하는 생각이 들었다. 아직 저녁 손님들 오시기에는 좀 이른 시간이다.

그래서 할머니와 나는 편하게 이야기를 나눌 수 있었다. 할머니는 현재 가지고 있는 돈이 1,600만 원이 있다고 하셨다. "1,000만 원은 내가 죽으면 아무개 주어 쓰게 하고, 나머지 600만 원은 봇또랑 사장(나)이 통장에 넣어 두었다가, 내가 죽으면 내 장례를 위해 일하신 성당 분들께 쓰는 돈으로 봇또랑 사장이 맡아 주었으면 해"라고 말씀하신다. 이 말씀을 한 번도 아니고, 여러 번 반복하셨다.

나는 이렇게 말했다. "할머니, 제가 맡아 가지고 있다가 그때가 되면 일하신 분들께 쓰는 건 어렵지 않습니다. 그런데 왜 벌써 그런 생각을 하세요?" 나는 이렇게 말씀을 드리면서도 할머니가 자신의 주변을 참 잘 정리하시는구나 싶었다. 나는 할머니께 말했다. "조카들이나 믿을 만한 다른 분께 맡기시지요. 제가 못 하겠다는 말씀은 아니고요." 그랬더니 할머니는 "마땅히 부탁할 데가 없어"라고 하시기에 나는 "네, 알았습니다"라고 하였다.

할머니와 이야기를 나누는 동안 추어탕을 포장해 가시려는 손님들이 띄엄띄엄 와서 그분들 응대하느라 일어서야만 했다. 그날 저녁을 드시고 돌아가시는 할머니의 뒷모습을 보며 나는 짠한 생각이 들었다. 그 뒤로 오랜만에 할머니가 오셨다. 오늘도 힘이 하나도 없이 보인다. 할머니는 파마한 머리를 묶어도, 빠져나온 머리는 자유롭게 흩날리고 있었다. 내가 볼 때마다 그랬다. 할머니는 다른 사람들과는 달리 손은 마음으로만 잡는다. “아이고 할머니 힘이 하나도 없네요. 어딜 다녀오세요” “병원에 갔다 와.”

팔을 잡고 할머님을 자리로 모셨다. 힘없는 목소리로 억지로 말한다. “나, 조금만 줘” 했다. 나는 다른 손님들보다 조금 적게 추어탕을 끓여 드렸다. “할머님, 다음에는 국이 많으시면 작은 통에 담아서 가져가셔도 됩니다”라고 하였다. 이때 다녀가시고 거의 2년 정도 할머님은 보이지를 않았다.

나는 가끔 할머니가 궁금하였다. 그러나 전화번호를 모른다. 이번에 이 글을 쓰면서 할머니를 찾아야겠다고 생각했다. 여러 곳에 수소문하여 할머니의 전화번호를 알아내었다. 할머니가 소식이 없어 돌아가신 것은 아닐까 걱정이 되기도 했다. 나는 성당 내 대모님에게 할머니 전화번호를 문자로 받고, 바로 전화를 걸었다. 할머니는 내 말을 잘 알아듣지 못한다. 이제 연세가 많아서 그런 것 같다. 내가 설명해 드리자 겨우 내 말을 알아듣는다. “아유, 봇또랑 아줌마” 하신다. 그럴 수밖에 없을 것이다. 내가 먼저 전화를 거는 것은 처음이다.

할머니는 병원에서 등뼈가 무너져 내렸다고 한단다. 병원에 입원하여 보름을 보호대를 하고 치료를 받았다고 한다. 보호대를 풀고도 보름을 더 병원에서 있다가 퇴원을 했단다. 집에 와서 있으면 편할 줄 알았는데, 너무 일찍 퇴원한 것을 후회하는 눈치다. 나는 아무리 할머니 사정이 안타까워도 나도 다리 수술을 위해 병원에 입원해 있으니 사정을 듣고도 어쩔 수가 없다.

2024년 8월 14일 오후 5시 8분에 다시 전화를 걸었다. 신호가 가는 동안 나는 할머님이 천천히 전화를 받기를 속으로 빌었다. 할머님이 전화를 받으셨다. 내가 먼저 할머니에게 당부 드렸다. “할머니, 전화가 와도 천천히 받으세요. 꼭 통화를 해야 할 사람은 다시 전화가 옵니다.” 그런데 오늘 내가 할머니를 울렸다. 나도 울었다. 나는 퇴원하면 당분간 경주 언니 집으로 간다고 하였다. 언니라는 말만 듣고도 할머니는 돌아가신 자기 언니가 생각난다며 울었다. 살아 계실 때에는 이렇게 소중한 줄을 몰랐다며 펑펑 우셨다. 할머니가 너무 울었다.

“할머니, 힘 빠져요. 그만 우세요. 내가 먼저 전화 끊겠습니다” 하고는 내가 전화를 먼저 끊었다. 가슴이 너무 아프다. 내 주위에는 이렇게 많이 외로워하는 사람은 없는 줄 알았다. 이러다 고독사도 일어날 수 있겠다는 생각에 걱정이 더 된다. 내일 아침부터 매일은 아니어도 자주 전화를 드려야겠다.

다음 날 아침 8시, 나는 할머니께 전화를 드렸다. "할머니, 아침은 드셨어요" 하고 물었다. 할머니는 "이직 누워서 있어" 라며 목소리가 기어 들어간다. "특별히 더 아픈 데는 없으세요"하고 물었다. "그냥저냥 지내지. 뭐" 하신다. "제가 퇴원하면 할머니를 찾아뵐 건데요" 하였다. 그리고 전화는 어디서 올 데가 있는지 물었다. 두 군데에서 온다고 하였다. 이사 온 지 2년이 되어도 아는 집은 바로 앞집과 옆집 아기엄마네 집밖에 없다고 하신다. 할머니는 몸이 좀 나아지면 황금동이나 남산동 평화동에 집을 얻어서 오려고 하신다. 연세가 백세를 바라보는 아흔여섯이란다. 이제는 다른 사람의 도움을 받아야겠다.

김천 시가지의 외곽에 있는 양천에 사시는 키가 크고 점잖으신 할머님이 계셨다. 우리 식당에 처음 오신 날이 언제였는지 잘 떠오르지 않는다. 할머님은 여러 가족 중에서 가장 먼저 식당 안으로 들어오신다. 안으로 발을 내딛는 순간 내가 어디에서 나오나 찾으시는 것 같았다. 우리 집에 오시는 손님 중에는 그런 분들이 많다.

할머님의 큰 아드님은 도로 공사에 다니다가 퇴직한 지가 몇 년 되지 않았다. 둘째 아드님은 농협 조합장을 하였다. 서울에 있는 막내아들은 식당을 한다고 들었다. 어느 때인가는 둘째 며느리도 함께 왔었다. 다른 며느리도 왔을 수 있는데 내 기억에 없다.

할머니는 나를 참 예쁘게 보아주셨다. 할머님은 추어탕을 거의 드시지 않는다. 밥도 아주 조금 드셨다. 그러나 누구보다 배부르게 드신 듯한 표정이시다. 우리 식당에 오시면 행복해하셨다. 목소리는 작고 부드러웠다. 내게 가족들을 소개하실 때도 그런 목소리로 하셨다. 목소리가 크고 말이 빠른 나도 자연스럽게 할머니처럼 작은 소리로 차분하게 "네, 그러세요. 정말 보기 좋아요" 했다.

할머니는 여럿이 오실 때는 먼저 전화하고 오셨다. 할머님은 전화로 "이봐요? 새댁이, 오늘 우리 아들 며느리 손주하고 갈 건데, 식당 문 열지요"라고 묻는다. "네에, 할머님 잘 계셨지요?" 내가 묻는다. "그래요, 나는 잘 있지. 아이들이 와서"라고 하신다. 나는 "할머님, 있다가 오세요"라고 했다.

내가 느낀 할머님 마음은 이런 마음이 아닐까 싶다. 할머님의 자식들도 내게 보여주고 할머님도 자신이 여기에 가면 식당 주인이 할머님 가족들에게 친절한 모습으로 대접해 주니,

할머님 자신도 그만큼 기분이 좋아진다는 걸 보여주고 싶은 마음이 있는 것 같았다. 올해로 할머님 돌아가신지 3년이다. 김천 의료원에서 장래를 모셨다는 이야기를 나중에 들었다. 할머님 모습은 마음에 그리움으로 남는다. 내게는 더 오래 뵙고 싶은 분이다.

나도 이 나이에 애인이 생겼어요. 무슨 이야기인지 궁금들 하시지요? 우리 식당에 가끔 할머님(부인)과 함께 딸과 사위를 데리고 오시던 할아버지가 계셨다. 할아버지는 젊었을 때 청렴한 시청 공무원으로 유명하셨다고 한다. 부인인 할머님은 타고난 성품이 여자였다. 작고 하얀 얼굴이 이른 봄에 피는 하얀 수선화같이 고운 분이시다.

할아버지 가족들은 참 보기 좋은 분들이라 느꼈다. 식사하시는 자리에서는 늘 딸들이 할아버지에게 신경을 많이 쏟는다. 나도 식사하는 자리를 찾아 특히 할아버지 이야기를 중심에 두고 들어 드렸다. 할아버지는 내 손을 잡으면 놓을 줄을 몰랐다. 좀 이상하고 무언가 자연스럽지 못했다. 할아버지가 처음에 오실 때는 그저 연세가 많이 드셔서 조금 눈치 없이 나의 손을 잡으시면 놓아주지 않는다는 생각도 살짝은 하였다.

여러 번 가족들과 오실 때마다 점점 더하신 것 같다는 생각이 들었다. 할머님 보기에 난감할 때도 있었다. 마지막으로 두세 번 더 오실 때는 할아버지가 귀엽고 조용한 아기 같아 보였다. 할아버지는 치매를 앓고 있었다. 몸은 위엄 있는 할아버지이지만, 치매로 인해 정신은 어린 아기이다. 할아버지 마음에는 내가 사랑하는 애인쯤으로 보였나 보다. 할아버지는 돌아가신 지 3년쯤 되었다. 그래서 오래 보이지 않았던 모양이다.

며칠 전에 할아버지의 따님이 남편과 우리 식당에 왔었다. 할아버지 이야기가 빠질 수 없다. 그때 할아버지가 치매로 인해 아기처럼 행동했던 이야기를 하였다. 그때 할아버지가 내 손을 잡고 좋다고 하실 때, 따님들과 나는 서로 미안하고 민망스러웠다고 하며 추모의 정을 나누었다.

내가 할머님은 잘 계시느냐고 물었다. 복된 소식을 들었다. 96세 되신 할머님은 그 연세에도 일주일에 책을 두 권이나 읽는다고 한다. 서울에 있는 따님과 김천에 있는 따님이 돌아가며 시립 도서관에 가서 책을 빌려다 드린다고 하였다. 도서관에서 책 많이 보는 사람 중에 몇 번째 든다고 하였다. 하얀 수선화처럼 고운 할머님은 정식으로 학교 교육은 못 받았다고 하였다. 책을 보다가 모르는 것이 있으면, 자식들이 오면 가르쳐 달라고 해서 배우신단다. 잘 모르는 것은 노트에 써 놓았다가 고치기를 반복적으로 하신다고 한다. 지울 일이 많아서 할머님은 화이트를 많이 쓰신단다.

이번에는 청각 장애가 있는 할머님 이야기를 하려고 한다. 할머님은 따님 가족이 사는 아파트에 같이 사신다. 할머님은 푸근한 마음에 말은 적고 마음 씀이 깊어 보인다. 나는 할머님을 내가 청각 장애인들에게 점심 나눔을 할 때부터 알고 있었다. 할머니는 자식 사랑이 유난히 깊고 따뜻한 분이셨다. 올 6월에 따님 부부가 할머님을 모시고 왔다. 내가 볼 때는 등을 보이고 앉아 계셨다. 밥상을 가지고 손님의 상으로 갔더니, 그 할머님이 앉아 계셨다. 나는 반가웠다. 할머님 손을 잡고 서로 끌어 앉았다.

"그러지 않아도 할머님 보고 싶었어요. 어떻게 지내시는지 요즘 들어 더 궁금했는데 잘 오셨네요." 따님을 보며 말했다. 따님이 할머니에게 수화로 내 말을 전했다. 할머님은 내가 한 말을 이미 다 알아들으신 것 같았다. 따님 부부가 할머님 모시고 우리 식당에 온 것은 처음이다. 할머니가 나를 보며 뭐라고 하신다. 그 안에는 "오랜만에 만나니 정말로 반갑다. 우린 만나면 이래" 하며 딸에게 전달하는 듯했다. 할머님 사위는 가끔 다른 손님들과 왔었다.

나는 할머님 이야기를 할 때면 이 이야기가 하지 않을 수가 없다. 그날은 점심을 먹고 청각 장애인 모두가 우리 식당 부근의 남산공원 안에 있는 시립 미술관으로 구경을 갔다. 미술관 안으로 들어서면 2층으로 올라가는 계단 아래 '파랑새 이야기'라는 조각작품이 자리 잡고 서 있다. 그 작품의 도슨트는 당시 박옥순 교수님이 지도하는 도슨트 교육팀의 김계영 회장이 했다. 한 쌍의 파랑새를 안고 서 있는 작품 앞에 청각 장애인들은 호기심 가득한 눈빛을 하고 서 있다. 따님과 사시는 할머니도 바로 앞에 서 있었다.

'파랑새 이야기'에 대한 도슨트이 시작되었다. 찌루찌루 미찌루가 파랑새를 찾아 숲속으로 들어가 종일 헤매다 집으로 돌아왔는데, 아이들이 찾던 파랑새는 아이들 방 유리창 앞에 앉아있었다는 이야기가 청각 장애인들에게 조용히 전해졌다. 수화 선생님의 수화로 이야기를 전해 들은 할머니의 마음에 울컥하는 감정이 솟아난 듯했다. 할머니의 눈시울이 붉어지셨다. 도슨트가 끝나자 나는 "할머니, 왜 그러셔요"라며 등을 쓸어 드렸다. 할머니는 "우리 아이가 생각이 나서…"라고 하셨다. 그날 함께한 사람들의 마음 한쪽에는 할머님처럼 어린 자식들을 키우실 때 그 엄마의 마음으로 돌아가서 밝고 따뜻하고 소중한 그 무엇을 불러올 수 있었기에 작은 감동이 밀려왔을 것이다. 나는 그랬다.

딸과 사위와 함께 청각 장애 할머님이 식사하러 오신 날, 할머님의 따님은 문 앞을 나서며 나에게 이런 이야기를 하였다. "엄마에게 밥 먹으러 가자고 하니 여기 추어탕 먹으러 가자. 거기 가면 사장이 나를 얼마나 반가워하는지 모른다"라고 했단다. 따님은 나에게 따뜻하게 대해 주셔서 고맙다고 하였다. 나도 할머니와 같은 마음이라고 내 마음을 따님에게 전했다. 나는 식당을 시작 할 때 이런 다짐을 하였다. 첫째, 장애인들에게 잘해야 하겠다. 둘째, 연세 많으신 어른들께 잘 해드려야겠다. 이 두 가지는 내 마음 다짐 다섯 가지 중 두 가지이다.

대부분의 어른들은 연세가 높아질수록 말수가 줄어든다. 말수가 줄어든다는 것은 말할 상대가 줄어들었다는 것을 의미한다. 나는 어른들에게 이야기를 들을 때는 진심 어린 눈으로 바라보며 듣는다. 따뜻한 마음이 담긴 손으로 어른들의 손을 잡아드린다. 꼭 소설 같은 이야기가 아니더라도 그 속에 많은 이야기가 내포되어 어른들의 가슴에 따뜻한 감정이 흘러들어 오래도록 여운이 남지 않을까 생각한다. 그분들의 따뜻한 정이 지금도 내 가슴에 남아 흐른다.

성형은 무죄

결혼한 지 몇 년이 되지 않아 내 바로 위 언니의 얼굴 주름을 보고서 나는 서른세 살이 되면 얼굴 주름을 없애는 성형수술을 해야 할 것 같다고 언니에게 말했다. 내가 기억하는 엄마, 아버지 얼굴을 생각해 보았다. 엄마, 아버지는 같은 나이대의 사람들보다 주름이 많아 보였다. 언니도 친정 부모님을 닮았는지 자기 친구들보다 주름이 많았다. 주름도 유전인가. 가족력이란 건 무시 못 한다는 데 말이다. 부모님 얼굴 주름 유전력이 나에게도 있을 것 같다. 그래서 나도 서른세 살쯤 되면 주름 성형을 해야 할 것 같다고 입버릇처럼 남들에게 말하곤 하였다.

나는 진짜 내 나이 또래 친구들보다 확실히 눈가 잔주름이 많다. 남들은 웃어서 생긴 주름은 예쁘다고 나를 위로하였지만 내게는 조금도 위로가 되지 않았다. 나도 내가 잘 웃는 얼굴이라 주름이 더 많을 수도 있겠다는 생각은 하였다. 그래서 한때는 웃을 때 활짝 웃지 않으려고 신경을 쓰면서 웃을 때도 있었다.

나는 얼굴이 납작하게 생겼다. 거기에 코도 조금 낮은 편이다. 어릴 때 친구들과 우리 집 뒤 당산의 나무 아래서 놀다가 내 친구 춘희가 서서 풀을 매는 삼각형 긴 삽으로 사고를 냈다. 내가 옆에 서 있는데 손잡이가 자기 키 정도 되는 삽을 휘휘 머리 위로 돌리다가 삼각형으로 된 뾰족한 삽날이 내 눈썹 끝을 내려쳤다. 순간 내 얼굴에 피가 줄줄 흘러내렸다. 그때가 어둠이 우리 앞에 가까이 와 있을 저녁 무렵이었는데, 병원으로 갈 엄두도 못 내고 엄마의 응급처치가 끝이었다. 당시 어린 친구가 왜 그처럼 위험한 농기구를 가지고 놀았는지 모를 일이다. 왼쪽 눈썹 끝은 그때 생긴 흉터다.

어릴 때부터 웃음이 많은 나는 입이 쏙 나와서 입가에 팔자주름이 있었다. 웃지 않아도 있었다. 주름이 많으면 피부라도 곱든지 해야 하는데 말이다. 목주름은 없다고 생각했는데, 올여름 내 부실한 건강 상태를 확인하며 한없이 약해진 모습이 거울 속 나와 마주 보고 앉아있다.

옛날에는 마사지도 받고 화장품도 괜찮은 것을 주문하여 바르기도 하였다. 이제 이것도 나이라고, 가는 세월을 잡고 싶을 때도 있다. 곱게 물던 단풍이 되고 싶은 것이 내 마음이다. 거울 속 모습을 보다가 내 시선이 목 앞에 멈추었다. 이제껏 목은 다른 친구들보다 주름이 적다고 생각되어 조금은 위안을 받았었다. 그런데 어느새 곱던 내 목에도 여러 겹 가로줄 주름이 보인다. 거울 앞에 선 나를 슬프게 만든다. 친구들과 다를 바 없었다.

내가 했던 성형수술을 용감하게 털어놓기로 한다. 나의 성형을 두고 내 민낯을 내놓으려는 나의 이 배짱은 어디에서 나오는 걸까? 침대에 누웠다가 벌떡 일이나 혼잣말을 한다. 그래, 이야기해 보자.

내 나이 마흔일곱 시절이다, 신혼 때부터 한동네 이웃에 살면서 잘 잘 알고 지내는 친구가 있었다. 나는 이웃 말고는 아는 사람이 별로 없었다. 하지만, 그 친구는 나와는 달랐다. 어느 날 갑자기 걸려 온 그 친구의 전화를 받았다. 전화를 통한 전해 온 소리는 밑도 끝도 없었다.

"너, 의료원에 가서 팔자주름 그거 수술해라. 내가 수술하려고 예약했는데 갑자기 못할 사정이 생겨서 그래. 세시까지 가면 된다." 그 친구는 무슨 일이든지 자기가 모든 일을 주도 해서 하는 편이다. 그 친구가 내 사정을 잘 안다. 그래서 나에게 수술하라고 밀어붙이는 형편이다. 나는 내 언니를 보면서 서른세 살이 되면 성형수술을 해야겠다고 하였던 말을 그 친구도 잘 안다. 그런 말을 서로 허물없이 나누어 온 사이다.

나는 눈가 주름이 나에게는 실행하기 어려운 콤플렉스다. 주름 제거에 대한 상담 한 번도 받지 않았다. 나는 아이들 아버지께 전화를 걸었다. “준희 아빠, 나 오늘 오후에 병원 가서 눈가 주름 수술한다고 예약해 놓았어. 그런 줄 알아요.” 나는 아이들 아빠의 대답도 듣지 않고 끊었다. 나는 의논도 없이 통보만 한 것이다. 평소에 내 주름 이야기를 서로 해 본 적이 있었는데, 흔쾌한 결론에 이른 것은 아니었다. 그래서 주름을 제거한다고 하면 말이 길어질 수도 있다. 그래서 그렇게 끊은 것이었다.

내가 하는 식당의 점심시간 끝날 때쯤, 일은 이모들께 맡겨 놓고 병원을 찾았다. 바로 성형외과로 갔다. 담당 과장님이 내 얼굴을 보고 이렇게 이렇게 하면 좋겠다는 설명과 어떤 과정으로 수술을 진행한다는 말씀을 나에게 한다. 나는 그 설명만 듣고 “네 그렇게 해 주세요”하고서는 그 과장님에게 나를 맡겼다. 마취약이 링거 줄을 타고 내 몸으로 들어간다. 숫자 열도 끝나기 전에 온몸에 마취가 퍼졌다.

긴 잠에서 깨어났다. 내 친구 명순이가 내 옆을 지키고 서 있다. 마취가 깨어나길 기다렸다. 마취가 덜 깬 상태에서 나는 간호사 선생님에게 거울을 보여달라고 하였다. 거울로 내 얼굴 보고 겉으로는 담담한 척하였지만, 마음속으로는 깜짝 놀랐다. 퉁퉁 부은 얼굴에 시퍼렇게 멍이 들어 엉망진창이 되어 있었다. 손바닥 같은 내 얼굴을 두고 이것들이 실수는 하지 않았나 하는 걱정이 밀려들었다. 나는 아직 마취가 덜 깨어 있다. 마취에서 완전히 깨어나 집으로 돌아올 때는 내 친구 손을 꼭 잡고 모자를 푹 눌러쓴 채, 우리는 혹시나 아는 사람들 눈에 뜨일까 하는 마음에 빠른 걸음으로 병원을 빠져나왔다.

집에 와서 사흘이 지났다. 방 안에만 있을 수는 없었다. 그때부터는 식당 일도 살펴야 했다. 아무도 없을 시간에는 미리 식당에 필요한 재료들을 준비해 두었다. 수술해 준 과장님이 며칠만 있으면 괜찮아진다고 하였지만, 두 달은 지나서야 얼굴이 조금 자연스러워졌다.

내 허벅지에 지방을 주사기로 뽑아 팔자주름에 넣은 것이라고 하였다. 눈가 주름은 눈썹 위를 당긴다고 되는 것이 아니었다. 그것만은 내 마음에 차지 않았다. 그러나 나는 이제 팔

자주름 문제는 해결했다. 날 두고 하던 팔자주름 소리는 쏙 들어갔다. 그때 친구가 들이밀듯 하라고 밀어붙이지 않았다면 내 팔자주름은 어떻게 되었을까? 그때 나는 성형수술 하기를 잘하였다고 생각한다. 남들은 내가 옛날에 팔자주름이 있었다는 사실을 스스로 말하지 않는 한 아무도 눈치채지 못한다.

5. 지금도 나를 키우는 것들

나의 이웃 김천시립미술관

2012년 여름이 시작될 무렵 우리 식당 손님 중에 좀 작은 체구에 짧은 머리를 하고 어깨에는 긴 스카프를 걸쳐 어디를 보나 서울물을 먹은 자존감이 하늘을 찌를 듯한 멋쟁이 할머니가 가끔 시청 직원과 점심 식사하러 왔다. 몇 번을 왔다 가고 나서야 나는 그분이 우리 집 위 남산공원 김천시립미술관에 조각작품을 기증할 여류조각가 박옥순 교수님이라는 것을 알았다.

몇몇 사람들과 점심 드시고 카운터로 다가온 박옥순 교수님은 내게 말을 걸었다. "여기 사장님도 바쁘시겠지만 한 달에 한 번 미술관에 나와요." 나는 미술관에서 미술에 관한 공부를 가르친다는 소리를 얼핏 들은 적이 있었다. 집에서 가깝기도 하니 "네, 다음번에 가겠습니다"하고 약속을 했다.

처음 미술관에 갔을 때 어떠했는지 하는 생각이 잘 나질 않는다. 누가 내 기억을 툭 쳐주면 다시 생각이 날 것도 같은데 말이다. 나는 박옥순 교수님께 도슨트(Docent, 박물관이나 미술관 등에서 관람객들에게 전시물을 설명하는 역할) 과정을 신청하여 배웠다. 내게 도트슨 과정을 배우는 것은 만만치 않았다. 식당을 운영하는 사람이 점심 준비를 이모들한데 맡긴다는 건 마음이 편치 않았다. 그러나 어느덧 재미에 빠져 열심히 배우게 되었다.

이 과정을 공부하면서 내가 제일 좋아했고 동시에 마음 아팠던 것은 고흐(Vincent Willem van Gogh)였다. 고흐는 목사님 아들로 태어나 헤이그의 구필 화랑에서 일할 때 판화로 복제된 밀레의 '이삭 줍는 사람들'을 보고 큰 영향을 받아 '감자 먹는 사람들'을 그렸다고 한다. 램프 불 아래 가족들이 둘러앉아 저녁으로 감자를 먹는 모습을 그린 이 그림을 보면 가난한 사람들을 향한 고흐의 따뜻한 마음이 느껴졌다.

노트를 들추어 보니 도슨트 과정에서 배운 내용이 떠오른다. 고흐는 아를르(Arles)에서 노란 2층 집을 구해 이사했다. 화가들의 공동체를 만들려고 화가들을 초청하였으나 아무도 답이 없었는데, 6개월 만에 고갱(Paul Gauguin)이 온다는 연락이 왔다. 기다리는 동안 고갱을 기쁘게 해주려고 그린 '해바라기'에서는 고흐의 설레는 마음이 느껴진다. 고갱은 창의적인 그림을 선호하였고, 고흐는 밀레의 영향을 받아 있는 그대로의 자연을 그렸다 한다.

생레미(Saint-Rémy) 요양원에서 그린 고흐의 대표작으로는 '별이 빛나는 밤'이 있다. 나는 그 그림에서 쏟아지는 별빛에 환희를 느끼면서도 다른 한편으로는 검은 사이프러스 나무가 그의 앞날을 예감이라도 하는 듯 무겁게 보였다. 동생 테오가 편지에 아이를 가지게 되었다는 소식을 전하면서 형의 이름을 따서 아들의 이름을 빈센트로 하겠다고 한다. 이 소식에 고흐는 조카가 자신을 닮을까 걱정을 하면서도 기뻐한다.

조카의 탄생을 축하하기 위해 그린 그림에는 파란 하늘 아래 하얗게 꽃피는 아몬드 나무가 있다. 한때 나는 고흐의 그림이 좋아서 제주도 '빛의 벙커'를 찾았다. 고흐와 고갱의 작품을 빛과 음악으로 감상하는 미디어아트 공간이다. 고흐의 추모곡 '스타리 스타리 나잇(stary stary night)'이 흘러나온다. 그곳에서 사 온 스카프에는 고흐가 태어날 조카를 위해 선물로 그린 그림 '꽃피는 아몬드나무'가 그려져 있다. 계절 따라 어깨에 걸치는 스카프 중 나는 이 스카프가 제일 맘에 든다.

김천에 고향을 둔 하반영 선생님도 도슨트 공부 과정에서 더 잘 알게 되었다. 김천시립미술관에 그의 미망인과 자제분들이 작품들을 기증하였다. 하반영 화가는 동양의 피카소로 불리기도 한다고 도슨트 지도 교수님께서 말씀하셨다.

하반영 작가의 작품 중에는 밀레가 '이삭 줍는 여인'을 그렸던 바르비종(Barbizon)의 끝없이 펼쳐진 누렇게 익은 밀밭 그림이 있다. 들판 위를 독수리 한 마리가 자유롭게 나는 이 그림의 제목은 '비자'이다. 외국 여행 자유화 이전이라 맘대로 여행하는 독수리를 부러운 심정으로 그렸던 하반영 화백은 95세로 돌아가실 때까지 붓을 놓지 않으셨다고 한다. 이 작품으로 도슨트 시연을 할 때 나는 작가의 내면세계를 느낄 수 있었다.

김천시립미술관에는 사진작가 홍택유 선생의 사진도 기증받아 전시하고 있다. 연꽃의 생을 담은 작품이 많다. 그중에는 연꽃이 생을 다하고, 겨울에 얼어 갈라진 연못 땅 사이로 연밥이 말라 꼬부라진 장면을 찍은 작품이 있다. 나는 이 작품으로 도슨트를 하는 동안 마음이 슬펐다. 하지만 내년에 다시 꽃을 피우려고 동면에 들어가는 것이다. 이렇게 생각하니 벌써 내년 봄이 기다려졌다. 생각의 전환으로 마음이 치유되는 느낌이다. 청보리가 바람에 일렁이는 작품도 눈길을 끌었다.

이 외에도 미술관에는 지역 작가들의 작품 전시가 끊임없이 열린다. 미국 LA 높은 빌딩을 배경으로 한복 입은 흑인 여성을 그린 작품이 있다. 스프레이로 벽에 그림을 그리는 아티스트, 그가 바로 김천시 감문면이 고향인 심찬양 작가이다. 스프레이로 그린 그림은 사진을 벽에 옮겨놓은 듯하다. 김천 문화예술회관 건물 벽에도 사물놀이, 상모를 돌리며 꽹과리를 치는 모습을 그린 작품이 있다.

김천시에는 조각 공원이 있다. 도슨트 수업의 한 과정으로 우리는 조각 공원을 찾았다. 유건상 조각가의 도슨트는 작품마다 귀에 쏙쏙 들어왔다. 유건상 작가의 작품으로는 김천 혁신 도시의 '녹색 미래과학관' 입구에 있는 '꿈꾸는 아이들'이 널리 알려져 있다. 과학관에 오는 아이들이 이 작품을 좋아한다고 혁신 도시에 사는 엄마들이 하는 이야기를 들었다. 그리고 시내 곳곳에 조각 작품들이 자리하고 있어 김천은 문화 예술의 고장이라고 말하여도 손색이 없다는 생각이 든다.

박옥순 교수님의 수업은 미술관 안에서만 하지는 않는다. 문화 예술 기행도 재미있다. 원주 뮤지엄 '물의 정원'을 찾아가기도 했다. 수원컨벤션센터 '아트 스페이스 광교'에서는 설치 작가로 유명한 최정화 작가의 작품이 신선한 충격으로 다가왔다. 플라스틱 소쿠리를 연결한 작품, 우리가 일상생활에서 흔히 쓰다 버려지는 물건들도 그의 손에 닿으면 예술 작품으로 재탄생한다. 수원시 행궁동에 가서는 도시재생사업으로 성공한 사례를 배우기도 했다. 마당에서 다 쓰고 버려지는 빗자루, 옛날에 엄마들이 바느질할 때 사용하던 낡은 골무도 작품으로 다시 탄생하는 것을 보았다. 오래된 한옥 우리집도 작은 미술관으로 만들고 싶었다.

도슨트 교육을 받는 과정에서 우리는 일본의 나오시마 섬을 찾아갔다. 나오시마 섬은 섬 전체가 예술 천국이다. 호박작품으로 유명한 일본 작가 쿠사마 야요이 작품은 바닷가에 덩그러니 있다. 노란 호박 작품을 보려고 많은 사람이 모여든다고 한다. 우리는 쿠사마 야요이 작가를 미리 공부하고 현지에 갔다.

이우환 미술관(李禹煥 美術館)에서는 만남의 방, 침묵의 방, 그림자 방, 명상의 방 등등을 보면서 새로운 예술 세계를 경험하였다. 지중미술관은 노출 콘크리트로 유명한 세계적인 건축가 안도 다다오의 작품이다. 그는 자연을 최대한 훼손하지 않는 건축가로 유명하다. 환경을 생각하여 건축을 설계하는 안도 다다오가 고맙게 느껴졌다. 마지막 날 밤에는 나의 룸메이트, 친절한 정욱 씨랑 먹거리 투어에 나서기도 했다. 나오시마 여행을 마치고 부두에서 배를 기다리는 동안 쿠사마 야요이 이야기를 하면서, 여기서 유명하다는 소금 아이스

크림도 먹었다.

우리는 인천 영종도에 있는 파라다이스 호텔에 도착했다. 호텔 전체가 전시관으로 보였다. 김창렬 화가의 물방울 작품도 만났다. 도슨트 지도 교수님은 물방울 작품 앞에서 걸음을 멈추고 작품을 가리키며 "여러분들은 작품 속 물방울 하나 가격이 얼마나 된다고 생각합니까" 하고 물었다. 우리는 물방울 작품 낙찰 기격이 10억 4,000만 원이라는 걸 이미 수업 때 배운 터라 서로 얼굴만 바라며 입을 다물지 못하였다. 기회가 된다면 다시 찾고 싶은 곳이다.

코로나19 때에는 대면 강의가 어려웠다. 교수님께서는 도슨트 회원들에게 단체 카톡으로 전문 도슨트들의 영상 등과 미술에 관한 다양한 콘텐츠를 배울 수 있게 매일 올려 주셨다. 그때 나는 교수님을 통하여 이해인 수녀님 시를 알게 되었고 식당에 오시는 손님들에게도 수녀님 시를 알렸다. 나는 교수님께 "이해인 시 사랑회 단톡방'을 만들면 어떨까요" 하고 여쭈었다. 물론 시는 내가 올리겠다는 말씀도 드렸다. "좋지요 이 선생이 한다면" 하셨다.

그래서 나는 단톡방에 수녀님의 시를 놀리고 공유하게 되었다. 지금 생각해 보면 그때가 좋았다. 교수님께서 그의 매일 올려 주시는 유튜브를 보고 댓글을 쓸 때가 행복하였다. 때로는 교수님께 "오늘 본 영상 댓글을 이렇게 썼는데 올려도 될까요" 하고 여쭈기도 했다. 잘 썼다고 하실 때도 있지만 조금 수정해 주실 때도 있었다. 나는 이렇게 미술에 대해서 조금씩 알아가고 있었다. 교수님은 내게 이해인 수녀님 시집도 몇 권 주셨다. 시집을 보고 올려야 틀림이 없다고 하셨다. 몇 년 전에는 '행복은 내 친구'라는 작품을 우리 식당에 전시해 놓았다.

2024년 3월 19일 김천시립미술관 큐레이터회(도슨트회 후속 단체)에서 미술관 발전을 위하여 재능기부를 해오신 교수님께 감사의 마음을 담아 송별 모임을 가졌다. 그날도 역시, 12년이 흐른 지금까지도 교수님의 어깨에는 멋있는 머플러가 걸쳐져 있었다. 감사 행사에 앞서 마지막 수업이 있었다. 지난 수업 중에 내가 제일 즐겁게 배웠던 고흐 작품과 삶에 대한 설명으로 수업을 마쳤다.

교수님께서는 내게 여러 번 말씀하셨다. "이경자 선생, 이 선생의 집 바로 이웃에 있는 김천시립미술관, 얼마나 친해지기 좋습니까. 이 이웃 미술관을 당신 것이라고 여기세요." 당시 들을 때는 조금 부담스럽게 여겨졌다. 지금 돌이켜 생각해 보니 배움에 대한 열정을 놓지 말라고 하신 말씀이 아닐까 여겨진다. 나는 미술관을 동네 한 바퀴 돌듯 다닌다. 있었던 습관은 아닌듯한데 새로 생긴 습관이다. 미술관에 들르면 먼저 교수님께서 기증하신 작품들을 찾게 된다. 여기에는 교수님이 당신의 아드님이 결혼하면 선물로 준다고 만드신 작품 '준홍이'가 있다. 그 작품 앞에 서게 되면 내가 선물로 받은 것 같다. 나는 마음속으로 "교수님, 준홍이 잘 있어요"라고 해 본다. 지금까지 받은 고마움을 한아름의 꽃으로 표현하기로는 많이 부족하였다. 송별회 때 나누었던 교수님과의 포옹이 찐하게 가슴에 남는다. 나의 이웃 미술관, 이런 행운이 어디 흔하랴. 김천시립미술관 덕분에 황홀한 세상이 열렸고 알아갈수록 더 깊이 알고 싶은 예술의 친구가 되었다.

손주 사랑

"엄마, 가만있어봐요." "아들아, 웬 목걸이?" "얼마 안 해요." "가격이 중요한 게 아니고 아들이 사준 것이 중요하지. 고맙다 아들." 작은아들이 내 등 뒤에서 목걸이를 걸어주었다. 우리 모자는 마주 보며 웃었다. 문득 결혼 전 친정어머니께 금반지 목걸이를 해드렸던 기억이 났다. "네가 무슨 돈으로…" 하며 안쓰러워하던 어머니는 그것을 막내 올케 시집올 때 결혼 패물(佩物)에 보태었다.

"엄마, 지금 병원에 입원하러 가요." "그래, 조심해라 가라, 가게 일은 걱정하지 말고." 2022년 3월 30일 아침 일찍, 작은 아들에게 전화가 걸려 왔다. 임신한 며느리가 진통이 왔다고 긴장된 목소리로 내게 전했다. 나는 전화를 끊고 나니 며느리의 출산 고통을 생각해 걱정이 앞섰다. 나도 겪었던 통증인 만큼 잘 알지만, 며느리가 입덧도 표가 나지 않게 하고 잘 넘어간 만큼 출산도 잘해서 손주를 만나는 기쁨을 줄 것이라 믿었다.

"진통만 하고 아기가 나올 기미가 보이지 않아요." 식당에 점심 장사가 끝나고 걸려 온 전화에서 아들의 목소리에는 걱정이 가득했다. 나는 아들에게 너무 염려 말라고 달래듯 말을 했다. 돌이켜보니 친정 올케언니가 아기를 낳을 때 죽도록 고생해서야 낳고 탈진했는데, 형광등 불빛조차 눈에 들어오지 않았다고 했다. 며느리도 밤까지 진통을 계속했지만, 아기는 여전히 나올 기색이 없다고 한다.

결국 새벽이 되어서야 결정했다. 진통이 온 지 25시간이나

지났으니 며느리에게 큰일이 나겠다 싶어 제왕절개 수술을 하기로 했다. 그렇게 고생한 며느리와 어쩔 줄 모르는 아들 사이에서 나의 행복, 내 손자 주원이가 태어났다. 내 아들의 대를 이어 새 핏줄이 태어난 기쁨은 비할 바 없이 큰 기쁨이다. 아들이 보내 준 갓 태어난 손자 사진을 보니 기쁨의 눈물이 가득 차올랐다. 이 기쁨을 낳아준 며느리에게도 말할 수 없이 고마웠다. 사진 속 며느리는 수술한 지 얼마 되지 않았다고는 볼 수 없을 정도로 이뻤다. "손자 보더니 할매 얼굴에 웃음꽃이 피었네." "손자보고서 성내는 사람도 있나?" 우리 식당 단골 손님들이 나를 축하하고, 나는 사람들 앞에서도 입가의 웃음을 감출 수 없었다.

그 이후로 거의 매일 아들이 올려 주는 손자 사진은 내 입가의 행복한 봄꽃으로 피어오른다. "엄마, 주원이 이백일 사진 보냈어요." 내 행복이 된 손자 주원이는 사진 속 웃는 얼굴이 너무 이쁘다. 사실 주원이는 우는 사진도 이쁘다. 나에겐 이쁘지 않은 주원이는 존재하지 않는다. 너무 이뻐서 다른 사람들에게 사진 속 손자를 자랑도 한다. 그 사람들에게도 손주가 있겠지만, 내 손자만큼 이쁠까 하는 생각이 든다. 지금 내게 가장 큰 아쉬움이 있다면, 같은 김천에 살면서도 가게 일이 바빠 손자를 자주 보지 못한다는 것이다. 하지만 휴대전화로 전달되는 손자의 하루 사진을 보면 일로 쌓인 피로가 단번에 날아가고, 다시 살아갈 힘을 얻을 수 있다.

2023년 3월 31일 봄바람이 아직 조금 남아 불던 날, 주원이가 첫돌을 맞았다. 주인공인 주원이만 예쁜 옷 차려입고 나오는 줄 알았는데, 며느리는 주름진 흰 드레스에 아들은 멋진 정장을 입고 나왔다. 아들은 손자를 안을 땐 윗옷을 벗었다. 손자, 아들, 며느리 모두 행복하고 아름다운 모습에 기분이 좋았다. “애가 할머니 닮았다.” 누가 그렇게 말했다. 아들이 손자를 안고 며느리와 식장으로 걸어 들어설 때, 어디선가 아들 친구가 하는 말소리였다. 그 자리에 온 사람들 모두 웃었다. 나는 내가 못생겨도 그 소리가 듣기 좋았다. 내 진심은 나를 닮지 않고 엄마, 아빠 얼굴을 닮아야 하는 마음이다. 즐겁고 행복한 돌잔치에 함께한 아이들에게 용돈을 주었다. 내 손자가 귀한 것처럼, 남의 손주들도 귀하고 예뻤다.

돌잡이로는 실을 잡으면 명이 길어져 좋다고 하고, 청진기를 잡으면 의사가 된다고들 한다. 또 판사봉을 잡으면 판사가 되려나 하고, 돈을 잡으면 재벌이 된다고들 한다. 손자는 고루

잡고 놓지를 않는다. 나는 마냥 무엇을 잡아도 기분 좋다. 나는 또 손주가 태어나도 오늘처럼 돌잔치를 하고 싶다. 많은 친척과 지인들의 축하를 받은 돌잔치 이야기는 손자가 커서 결혼하고 아이를 낳으면, 우리 부모가 내게 돌잔치를 어떻게 해 주었는데 하면서 집안의 전통으로 이어지는 추억이 될 것이다.

손자가 태어나고 얼마 후, 아토피 피부염이 있다는 사실을 알았다. 그 후 TV에서 아토피로 고생하는 이야기를 볼 때마다 마음이 너무나 아팠다. 어떤 부모는 아토피 치유를 위해 도시 생활을 정리하고 귀농하기까지 할 정도로 애를 쓴단다, 아이에게 너무나도 힘든 질병이다. 주원이도 두 돌이 지나고 사타구니를 긁어서 피가 난 적이 있다. 나도, 아들도, 며느리도 깜짝 놀라 병원으로 달려갔다. 말도 못 하는 손자가 피가 날 정도로 긁은 상처를 보니 얼마나 가려움에 괴로울지 마음이 아파 울었다. 아토피 피부염은 쉽게 낫지 않았고, 그래도 지금은 많이 나아졌다.

어느 날 보내 준 동영상을 보니, 주원이가 소파를 잡고 일어서 있었다. 같이 온 동영상에서는 소파에 배를 기대어 두 손을 들고 춤까지 춘다. 나는 동영상을 이 사람 저 사람과 함께 보며 행복을 나눈다. 누가 나에게 '손자 바보'라고 하지만, 나는 손자를 위해서라면 바보가 되어도 좋다.

주원이도 커가면서 열이 나고, 아플 때가 있었다. 주원이의 열이 내려가지 않던 밤, 아들은 잠도 못 자고 서성이다 소아과 병원 앞에 가서 순번표를 받아야겠다고 새벽 4시에 집을 나섰다. 그렇게 도착한 새벽의 소아과병원 앞에는 네 명의 아버지가 더 있었다고 한다. 아이를 낳으라고 하기 전에 아이를 편하게 낳고, 키울 수 있는 나라가 되어야 할 텐데 우리 아들은 내 집에서 하는 가업(家業)이 곧 직장이니 아이를 돌볼 수 있는 편의가 가능하지만, 다른 집의 자식 부모들은 얼마나 고생하며 아이를 키우는지 걱정이 앞선다.

그날 주원이는 병원에서 폐렴이라는 진단을 받고 바로 입원하였다. 한번 아프고 나면 또 훌쩍 큰다던 옛 어른들 말처럼, 주원이는 그렇게 아프고 뛰어놀고를 반복하며 쑥쑥 자라고 있었다. 아들이 전화했다. "주원이 한바탕했네요." "왜 어디 다쳤나?" "그런 건 아니고, 어디서 가져왔는지, 사인펜을 가져와서 소파, 침대, 바닥 온데다가 마구 칠을 했어요." "놀다가 다치지만 않으면 되었다." "다 흰색인데요?" "애 키우면서 낙서할 줄도 몰랐나? 빨리 가서 소파 커버는 세탁소에 맡겨라." 나는 아들에게 주원이가 사고를 친 이야기를 들으면서도 애가 신나게 이리저리 쓱쓱 칠하고 다니는 상상을 하니 귀엽다는 생각만 든다.

어느 날 아들과 며느리가 영화를 보러 간다며 저녁에 주원이를 맡아달라고 부탁했다. 장난감 방에서 주원이랑 놀다 보니 아들과 며느리가 몰래 나가고 없었다. 거실 TV에는 주원이가 좋아하는 상어가 춤을 추고 있었다. 바다 친구들을 다 좋아하는 주원이지만, 가장 좋아하는 것은 상어라고 한다.

엄마가 없는 데도 찾지 않는 주원이를 보며 나는 이런저런 생각을 한다. 엄마가 없다는 걸 눈치로 아는 건가 싶고, 눈치를 빨리 배운 손주가 영특하기보단 안타까웠다. 조용히 내 손을 끌고 장난감 방으로 들어가 책을 읽어 달라고 내민다. 책을 읽어주면 좋아하지만, 길게 책을 보진 않는다. 장난감도 잠깐 만지고 놓으며 이것저것 바꾸어 노는 것을 좋아하는 것 같다. 거실 소파에 내가 누워있으면 내 옆에 누웠다가 내 위로 올라타거나 하며 놀기도 한다.

12시가 다 되어서야 아들과 며느리가 돌아왔다. 주원이는 잠이 오는지 꾸벅꾸벅 졸고 있었다. 잠이 들려고 하던 주원이는 엄마에게 안겨 품속으로 파고들었다. 며느리 품에 안긴 손자, 앞서서 방문을 열어 주는 아들의 모습은 세상에서 제일 행복하고 포근한 그림 같았다.

첫돌이 지나고 5월, 가로수가 푸르름으로 가득한 날 주원이는 엄마, 아빠 손잡고 걸어서 소풍 길에 나섰다. 소풍 분위기에 맞추어 녹색 무늬가 들어간 옷으로 맞춰 입은 주원이는 참 귀여웠다. 보내온 영상 속에서 토끼 먹이를 주며 기뻐하는 손자를 보니 나도 다음에는 같이 가야겠다고 생각했다.

2023년 11월 30일, 둘째 손녀가 태어났다. 첫째인 주원이와는 20개월 터울이다. 며느리가 주원이를 예뻐하더니 하나 더 가지고 싶었나 싶다. 나도 내심 손주가 둘은 있어야 서로 외롭지 않게 잘 크지 않을까 하고 있었던 차였다. 그러나 요즘 세상은 시어머니가 손주 낳으라고 닦달하면 큰일 날 세상이라 말도 못 꺼내고 맘속으로만 바라고 있었는데, 이렇게 손녀까지 낳아주는 걸 보면 나는 며느리 복 손주 복이 터진 사람이다.

둘째 손주의 이름은 소이였다. 내가 보기에 소이는 저절로 크는 것 같다. 오빠인 주원이를 닮았는지 소이도 성격이 순하다. 소이도 나를 닮았다는 소리를 듣는다. 코가 비슷하단다. 피부가 뽀얀 것이 참 이쁘다. 밥도 잘 먹고 목소리도 크다. 소이는 잔 다르크 같은 영웅으로 자라려나 싶다.

밤새 함박눈이 내려 온 세상이 눈으로 가득한 겨울날, 손주들과 추억을 만들어야겠다고 생각했다. 식당으로 출근한 아들에게 점심에 일찍 끝내고 대덕 자연휴양림으로 눈 구경을 가자고 했다. 장사하는 내내 주원이와 눈길을 걸을 생각을 하니 시간이 가질 않았다. 창밖 공원에는 눈이 빠르게 녹고 있었지만, 늦은 점심을 먹으러 찾아온 손님들을 돌려보낼 수는 없었다.

작은아들은 며느리와 주원이를 데리고 먼저 출발하기로 하고, 나는 큰아들과 함께 나중에 황금 폭포에서 합류하기로 했다. 이왕 대덕까지 나선 김에 눈 구경도 하고, 외식도 하자고 했다. 식당을 마치고 대덕으로 가는 길, 눈이 많이 녹아 내가 생각하던 풍경이 아니었다. 하지만 휴양림 골짜기에 들어서니 여기는 아직 눈 세상이다. 골짜기를 좌우로 가득 채운 눈이 마치 크리스마스카드에 나올 것 같은 아름다운 풍경과도 같다. 주원이가 좋아하라고 온 눈 소풍에 가장 신난 건 나였다.

주차장에 차를 세우고 나오니 눈 구경 나온 가족들이 많았다. 먼저 온 가족들이 눈사람을 크게 만들어 뽐내고 있었다. 요즘은 어린아이들도 쉽게 눈사람을 만들 수 있는 도구들도 나와서 어린이들도 주먹 크기의 눈사람이나 곰돌이를 만들고 있었다.

우리도 질 수 없지. 며느리가 언제 준비했는지 모를 주원이 놀이기구를 꺼내주었고, 소이를 돌보러 며느리는 다시 차로 돌아갔다. 나는 주원이와 함께 옆 아이들을 훔쳐보며 눈사람을 만들었다. 주원이도 처음에는 춥다고 움츠리고 있었지만, 작은 눈사람을 보고 신나서는 직접 만들기 시작했다. 콧물이 흘러도 멈추지 않는 주원이의 눈사람 만들기는 큰아들과 작은아들이 저녁에는 추워진다고 돌아가자고 하여 끝이 났다.

돌아오는 길, 금세 어두워진 하늘을 보며 아쉬움이 남았다. 다음에는 꼭 점심 장사를 일찍 끝내고 오자고 약속했다. 그리고 보름 후, 또 많은 눈이 내렸다. 이번에는 식당 일을 서둘러 미리 해두고 일찍이 출발했다. 저번보다 한 시간 이른 3시에 황금 폭포에서 만나 오후를 즐길 수 있었다. 휴양림 골짜기의 나뭇가지는 눈의 무게를 못 이겨 축 늘어져 있었고, 부근의 작은 축구장은 사람 발자국 하나 없는 새하얀 도화지였다.

우리는 차에서 내렸다. 내가 먼저 앞서 걸었다. 내 힘찬 발자국 위로 큰아들, 작은아들, 며느리, 주원이의 발자국이 따라왔다. 주원이 발자국은 아빠 발자국 안에 작게 찍혀있었다. 주원이가 양손으로 엄마, 아빠의 손을 잡고 앞서간다. 나는 그 모습을 뒤에서 사진으로 담았다. 영화의 한 장면처럼 아름답다. 그날 손녀 소이는 아직 어려서 차 안에서 잠을 자고 있었다. 소이가 더 큰 어느 겨울, 나는 다시 함박눈을 기다릴 것이다. 할머니의 추억에 남은 흑백사진을 소이에게도 알려 줄 그날을….

2024년 7월 28일, 새로 지어진 푸르지오 아파트로 작은아들 가족이 이사를 왔다. 내가 사는 집에서 아주 가깝다. 이사한 다음 날 아들이 올린 사진에는 소이가 빈 싱크대 속으로 기어서 들어가는 뒷모습이 있었다. 이삿짐을 정리하느라고 바쁜 며느리 곁에서 탈출했나 보다.

9월 8일, 점심 장사를 마치고 손주들이 있는 아파트로 갔다. 며느리가 두 아이를 데리고 힘들게 나들이 준비를 하고 있다. 내가 나가자고 했지만, 고생하는 며느리를 보니 미안함이 앞선다. 아들의 차는 큰 차지만, 뒷좌석 양옆으로는 아이들 좌석이 고정되어 있어서 오르고 내리기에 불편했다. 그것을 보고 며느리는 돌아오는 길에는 앞 좌석을 내게 양보했다. 나는 평소라면 사양했을 그 배려를 미안함 반 고마움 반으로 받아들였다.

대구 신세계백화점 아쿠아리움으로 도착해 나와 주원이와 아들은 셋이서 구경하고, 며느리는 소이를 데리고 손주들 옷을 고르러 갔다. 함께 움직이면 더 좋았겠지만, 시간이 짧아 그럴 수 없었다. 주원이는 여기를 몇 번 왔었겠지만, 나는 주원이와 함께 아쿠아리움에 오는 건 처음이었다. 바다친구를 아주 좋아하는 주원이는 그중 가장 좋아하는 상어를 보러 가자며 달려간다. 상어가 있는 수족관 앞에서 노래를 부르며 신나 한다.

저녁때가 되어 백화점 안에 있는 식당에 자리를 잡고, 아들과 며느리는 식사 주문을 하러 갔다. 주원이는 휴대전화로 바다 고기를 보느라고 음식엔 관심이 없다. 아들이 우동면을 입에 넣어준다. 며느리는 이유식을 소이에게 먹이고 있다. 정말 아이들과 함께 밥을 먹으니 입으로 들어가는지 코로 들어가는지 모를 일이다. 그렇게 정신없는 식사를 끝낸 후 아들은 자리를 정리하고, 며느리는 소이 기저귀를 갈아주러 갔다.

돌아가는 길, 소이는 기분이 좋은지 방긋방긋 웃는다. 주차장으로 가는 엘리베이터에서도 눈이 마주치는 모두와 웃음을 나눈다. 사람들도 웃는다. 소이는 그렇게 웃으며 집으로 가다가 응가를 했다. 휴게소로 들러 기저귀를 다시 갈아주고 집으로 돌아왔다.

"아빠 힘든데 자꾸 놀아달라고 하면 못써요." "엄마, 아빠가 보고 싶어서 그랬어요." 요즘 주원이는 말을 잘한다. 어떻게 벌써 저런 표현까지 할 수 있을까 싶어 대견하다. 어느 날엔 주원이가 소이에게 밥을 먹이는 동영상이 왔다. 사이가 좋은 손주들의 모습에 나는 흐뭇하다. 같은 방향으로 누워있는 손주들의 사진을 보며 감사를 느낀다. 손주가 하나였다면 볼 수 없는 모습이다. 손주 복이 많다는 행복감에 가슴이 따뜻해진다. 소이는 요즘 엄마와 옹알이를 하는 것 같다. 주원이처럼 말이 빨리 늘어날 것 같다.

2024년 아들 내외는 올여름 마지막 휴가로 손주들과 함께 부산으로 떠났다. 2박 3일의 휴가를 위해 아들은 3일간 팔 추어탕을 팔팔 끓여놓고 갔다. 올여름은 유난히 덥고 길어, 혼자서 미꾸라지를 삶고 끓이는 아들이 처음으로 버겁다는 말을 꺼냈다. 아들은 말한다. 지금처럼 포장이 많이 나가면 감당이 안 되겠어요." 내가 허리가 굽고 다리가 아파서 하지 못하는 일을 아들들이 다 해 준다. 힘든 식당을 아들에게 맡겨서 항상 미안하다. 부산 여행을 다녀온 아들이 말한다. "주원이가 어찌나 물놀이를 좋아하던지, 가길 잘했던 여행이었어요." 주원이는 물놀이를 좋아해 여행을 가서도 호텔 수영장에서만 놀았다고 한다. 둘째 소이도 내년 휴가 때는 주원이를 따라 물놀이를 하겠지…. 커가는 손주들을 보는 것이 나의 재미이고 행복이다.

퇴근길 인문강연을 하다

김천인터넷뉴스 독자편집위원회에서 주최하는 '퇴근길 인문강연'이라는 프로그램이 있다. 어느 날 우연히 해당 강연을 알게 되었는데, 마침 강연자가 박보생 전 시장님인지라 관심이 있어 참석했다.

이날 강연의 주제는 '나의 어머님 전재임 여사'로, 박보생 시장님의 어머니에 대한 애틋한 마음을 담은 내용이었다. 5월 가정의 달에 열린 그 강연은 6·25 전쟁으로 일찍 남편과 사별한 어머님이 아들을 위해 굳건히 살아온 이야기로, 참석자 모두에게 부모님의 사랑을 떠올리게 하는 감동적인 강연이었다. 나 또한 고생하신 부모님을 생각하며 박수를 보냈다.

강연을 파하고 동행한 김현심 뉴포커스 대표님, 정현숙 선생님이 갑자기 내게 퇴근길 인문 강연에 나서 보라고 권했다. 나는 말재주도 없고, 그럴듯한 지위도 없어 안 된다고 연신 거절했지만, 두 선생님은 '나도 잘할 수 있을 것'이라며 돌아오는 내내 권유했다. 집에 돌아와서 생각해 보니, 전하고 싶은 이야기는 많았다. 하지만 남들 앞에 서 본 적이 없었다. 누구나 처음은 있다지만, 내 처음은 너무 뒤늦었고 용기만으로 뛰어들 자신이 없었다. 그러던 차에 김천인터넷뉴스 김윤탁 대표님이 점심을 드시러 우리 식당을 찾아왔다.

"대표님, '퇴근길 인문 강연'을 듣고 많은 감동을 받았어요." "감사합니다. 이경자 여사님도 한 번 나와 주시면 좋을 것 같은데." 뜻하지 않은 권유가 재차 들어왔다. 나는 당연히 예의상 하시는 말씀인 줄 말고 거절했다. 김윤탁 대표님은 '퇴근길 인문강연'은 평범한 사람들이 자기 삶을 이야기하며 시민들에게 용기를 주는 자리라며 계속 권하신다.

"이경자 여사님은 '봇또랑 추어탕'을 성공적으로 운영하면서도 김천시를 위해 많은 봉사활동에 참여하셨고, 새로운 것을 배우려는 진취적인 자세도 많은 이들의 귀감이 되셨어요. 한 번 고려해 보시지요." 나는 대표님의 이 말씀을 듣고 고민했다. 결국 큰 용기를 내어 '퇴근길 인문 강연'을 해 보기로 했다. 결정하고 나서도 걱정은 사라지지 않았다. 내가 말이 너무 빨라서 듣는 사람들이 잘 알아듣지 못할까 봐 걱정되고, 별별 걱정이 다 들었다. 하지만 이왕 하기로 한 것, 무슨 이야기를 할까 고민하다가 '봇또랑 추어탕'을 개업할 때 내가 다짐하고, 지금도 지키고 있는 다섯 가지를 중심 내용으로 정해 내 이야기를 들려주기로 정했다.

강연이 열리는 날에는 아들 내외와 언니, 형부, 행복동행 가족들과 내 친구 명순이, 김천인터넷뉴스 독자편집위원들, 이외에도 많은 사람이 내 이야기를 듣기 위해 황악산 아래 카페에 모였다. 나는 마음속에 담아둔 이야기를 친구에게 전하듯 풀어 내렸다.

첫 번째는 장애인 손님께 잘하기다. 나는 우리 아이들을 볼 때마다 내 자녀가 건강한 몸과 마음으로 태어난 것에 늘 감사한다. 우리 아버지는 어릴 적 높은 곳에서 뛰어내려 다리를 다쳤다. 어린 내 눈에는 아버지가 하시는 모든 일이 힘겨워 보였다. 장애는 선천적이든 후천적이든 아무도 원하지 않았는데 찾아온 것이다. 몸이 불편한 손님께는 더 잘해드리려고 노력했다.

두 번째는 연세가 높으신 어르신들께 잘하기다. 추어탕은 어르신들이 많이 찾는 음식이고, 특히 우리 식당은 노인복지관이 가까이 있어 어르신들이 더더욱 많이 찾아주셨다. 사람이 늙으면 장애가 없어도 장애인처럼 힘들다. 말이 어눌하고, 눈과 귀도 잘 안 보이고 안 들린다. 다리에 힘이 빠져 잘 걷지 못하는 분들도 있다. 그런 어르신들을 볼 때마다 힘이 닿는 곳까지 도와드린다.

세 번째는 아이를 데리고 오는 손님에게 잘하기다. 아이들이 있는 곳은 어디라도 번잡하기 마련이다. 아이들은 잠시도 가만히 있지 못한다. 하지만 식당의 다른 손님들을 위해서는 어쩔 수 없이 아이들을 조심시켜야 한다. 지금은 갓난아기가 있거나 어린아이들을 데리고 오면 따로 방을 내어 준다. 아기 의자도 가져다드린다. 모든 손님이 편안하게 식사할 수 있도록 노력한다.

네 번째는 혼자 오는 손님에게 잘하기다. 예전에는 혼자 오는 손님이 흔하지 않았다. 일행과 같이 온 손님은 담소를 나누며 식사를 하시니 천천히 드신다. 하지만 홀로 오는 손님들은 테이블을 차지하는 것이 미안한지 식사를 재빨리 마치고 일어서는 경우가 많다. 어차피 같은 돈을 내는 손님인데, 혼자 오신 손님이 그러시면 내가 더 안쓰러워 더 필요하신 것이 있나 하고 먼저 챙겨 봐 드린다. 지금은 '혼밥'이라는 신조어도 생긴 만큼 혼자 오는 손님들도 많이 늘었지만, 나는 여전히 홀로 식사하는 손님들을 살피며 필요한 것이 있는지 물어본다.

다섯 번째는 신발에 흙 묻은 손님에게 잘하기다. 처음 추어탕을 팔 때 매장은 한옥이었다. 그래서 그런지 화이트칼라 손님들이 많이 찾아와 주셨다. 그런데 어느 날 주차 때문에 길에 나가 있었는데, 한 무리 인부들이 "저 집은 우리 같은 사람들은 가면 안 돼"라며 다른 추어탕집으로 들어가는 것을 보았다. 나는 속으로 우리 집을 한 번도 안 와 보셔서 그러시는구나 하고 생각하며 이후부터 더욱 노동자분들께 신경을 많이 써드렸다.

이렇게 다섯 가지 주제로 친절에 대한 진심을 풀어내며 말을 이어갔다. 실수도 하고 말도 매끄럽지 않았지만, 참석자분들은 내 강연이 끝나자 큰 박수를 보내주셨다. 다들 좋았다는 반응을 보내주셨고, 나는 두서없는 내 이야기를 끝까지 경청해주신 분들에게 감사 인사를 전했다. 강연을 마치자 작은아들 내외가 꽃다발과 포옹으로 내 첫 강연을 축하해 주었다.

뒤풀이에서는 행복동행 분들께서 준비해주신 여러 과일과 삶은 감자를 나눠 먹었다. 나를 위해 많은 준비를 해 주신 분들이 감사했다. 나중에 김천인터넷뉴스를 통해서 강연을 본 손님들도 강연 잘 들었다며 이야기를 해주셨다. 나는 부족한 강연을 이렇게 많은 분이 현장에서 듣고, 또 끝나고서도 뉴스와 신문, 유튜브 동영상으로까지 계속 전해진다는 것이 고마웠다. 특히, 강연하라고 나를 떠밀어준 친구와 마지막 용기를 내도록 권유해 준 김윤탁 대표에게 감사하다.

만약 다시 사람들 앞에 설 기회가 주어진다면, 그때는 더 재미있고 실감 나게 내 이야기를 풀어갈 수 있겠다는 생각도 든다. '퇴근길 인문강연'을 하고 나서 많은 사람에게 새롭게 나를 조명을 받는 계기가 되었다.

행복동행

눈이 오나 비가 오나 사계절 매주 토요일 아침, 감천(甘川) 냇가를 따라 걷는다. 우리 모임의 이름도 예쁘다. '행복동행'. 걷기운동을 하는 18년 된 모임이다. 내가 함께한 지가 10년 정도 된 것 같다. 처음 간 코스에서 선산 가는 길을 걸었다. '김천청과' 건물 앞 넓은 주차장에 차를 주차하고 이곳에서 행복동행 가족들은 사무국장님의 구령에 맞춰 국민체조를 한다. 걷기 전 몸풀기를 하는 것이다. 우리 행복동행은 체조가 끝나면 출발한다.

아침 6시 30분에 모여서 몸풀기를 한 다음 '김천청과'에서 '대홍아파트'까지 감천 냇가 길을 따라 걸었다. 2월 말경 이른 아침이면 날씨가 아직 춥다. 감천 냇가 길을 걷다 보면 작은 다리가 나온다. 다리 밑을 흐르는 물밑에는 말풀이 물살 따라 춤을 춘다.

물가 둑을 따라 파란 미나리가 자라고 있다. 물속에 자라는 말풀은 내가 보기엔 바다에서 나는 다시마나 물미역, 곰피 등과 비슷하다. 먹는 방법 또한 비슷하다. 새콤달콤 초고추장에 버무려 먹으면 맛이 있다. 같이 걷는 일행들도 그렇게 말했다. 그곳을 지나며 걸을 땐 꼭 다리 옆으로 가서 시원하게 흘러가는 물속을 들여다보곤 하였다. 물은 많은 이야기를 담고 흐른다. 내 마음도 흘러간다.

띄엄띄엄 핀 들꽃이 걸어가는 우리 일행들 발길을 잡는다. 꽃을 좋아하지 않는 사람은 아무도 없으리라. 재작년 이맘때 처음 이 들판에서 보았던 들꽃들이다. 이오분 사모님은 들꽃을 찾아 뚝뚝 꺾어서 가슴에 안으신다. 아! 들일을 많이 하셔서 꽃 꺾는 모습도 들일을 하듯 척척 하시는구나 싶었다.

대홍아파트를 돌아서면 건강 체조를 하는 장소가 있다. 김정희 선생님을 따라 건강 체조를 한다. 선생님은 자신을 위하여 건강 체조를 배우신 것 같다. 행복동행 가족들이 빙 둘러서서 선생님을 따라 체조를 한다. 나는 건강 체조를 할 때 기분이 좋다. 평소에 아침 일찍부터 저녁 늦게까지 식당 일을 하다 보니 온몸이 뻐근하고 아프다. 나는 체조를 하고 나면 온몸에 세포들이 다시 살아나는 것 같아서 정말 시원하고 좋다. 특히 몸 비틀기를 좋아한다. 시원하게 웃는 웃음도 내 몸 안에 있는 묵은 독소를 배출시키는 듯하다. 그런 생각이 들면 억지로라도 크게 웃는다.

걷기가 끝나면 우리 행복동행 가족들은 다 같이 모여서 아침밥을 먹는다. 쌀쌀한 아침인데도 걷고 들어오는 사람들은 상쾌한 얼굴들이다. 나도 그렇다. 이오분 사모님 손에는 들꽃이 들려있었다. 그 들꽃을 물컵들에 꽂는다. 실내 여기저기에 들꽃이 피었다. 무심이 꺾는다고만 생각한 나는 죄송한 마음이 들었다. 그날 다 같이 밥을 먹는 자리에서 나는 사모님의 사려 깊은 마음을 말하였다. 지레짐작으로 생각한 내가 부끄러웠다. 부끄러운 내 마음도 그대로 꺼내어 보였다. 이날 아침 식사 분위기는 사모님이 꺾어온 들꽃 몇 송이로 이야기꽃이 화기애애하게 피어났다.

이날 국은 조갯살을 넣은 미역국이었다. 먹는 내내 물이 흘러가는 대로 흔들흔들 춤을 추던 말풀이 생각났다. 여기 아침밥은 이렇게 해서 나온다. 식사 당번은 조를 만들어 돌아가며 담당한다. 새벽 일찍 일어나 다른 가족들보다 먼저 나와 많은 밥을 한다는 것이 쉬운 일이 아니다. 걷기를 하지 않고 밥만 하시는 세프님도 있다. 박은환 님 이주영 님, 그리고 여기 회장님을 비롯하여 임원진 여러분들의 노고에도 늘 감사하다.

이곳에서의 따뜻한 정은 나만 느끼는 것일까. 모두 정이 넘친다. 강연해 본 경력이 없는 나로서는 감당이 안 되는 일인데도, 사람들 앞에서 이야기하게 되었다. 행복동행 가족들이 "우리도 갈게" 하며 응원한다. 그 강연 장소는 40명 정도면 자리를 채운다. 나는 사람이 적어도 걱정, 많아도 걱정이 되었다. 나는 강연할 내용은 연습도 하지 않고, 막상 때가 되면 내 이야기를 풀어놓을 생각이다. 날짜가 다가왔다. 나보다 행복동행 가족 몇 분이 더 신이 나는 듯 보였다. 계절은 여름, 시원한 카페 음료가 각자 기호에 따라 나왔다. 강연이 끝나고 먹을 것을 푸짐하게 준비해 왔다. 포도, 감자, 여름 과일들이 있었다. 모두가 행복동행 가족들이 가져온 것이었다. 김미숙 소장님은 내 강연 며칠 전부터 내가 무슨 내용의 이야기를 할지 걱정이 되었다고 한다. 걱정해 주셔서 고마웠다.

아들 결혼 날을 잡고 나는 청첩장 보낼 데를 신중하게 선정했다. 내가 먼저 그 댁 혼사에 참석했거나 축의금을 보낸 적이 있는 분들에게 먼저 보냈다. 그리고 특별히 아는 사람에게만 청첩장을 보내어 아들의 결혼을 알렸다. 사실은 행복동행 가족에게는 알릴 만한 분이 없었다. 평소에 가까이 지내는 김미숙 소장님과 나를 잘 아시는 선생님 몇 분에게 앉은 자리에서 내 아들 결혼식 이야기가 하였다.

우리 집 혼사 소식을 같이 들은 김미숙 소장님은 행복동행 살림을 총괄하는 분이다. 그리고 몇 분 선생님은 나와 친분이 쌓인 분들이시다. "우리가 예식장에 가서 찻자리를 펴면 어떻노"라고 하신다. 나는 "나야 좋지요"라고 대답했다.

2021년 11월 30일, 대구에서 작은아들의 결혼식이 있었다. 넓은 2층에는 우리만 있었다. 김천에서 대구까지 찻자리를 일찍 준비해 왔다. 2층에서 내려 퍼지는 커피 향이 좋다고 양가에 오시는 하객들 하나같이 말씀하신다. 다도 회장도 오셨다. 강사님과 선생님들이 카페에 나오는 과자를 만들어오셨다. 소장님 이하 여러 선생님 덕분에 커피 향이 가득한 예식을 할 수 있었다. 사돈집 하객들도 너무 좋다고 하신다.

2023년 선거 때 일이다. 내가 좋아하는 사람이 어떤 분야에 출마하게 되었다. 나는 내가 출마하는 것처럼 선거 운동원 등록을 하고 뛰었다. 그때는 내 이름은 사라지고 내가 지지하는 후보자 이름이 내 이름으로 바뀐 듯하였다. 나는 그때도 모자와 띠를 어깨에 두르고 온종일 걷기를 하였다. 여기서는 내가 지지하는 후보 이름만 들렸다.

지금은 반대 방향으로 걷기를 한다. 이 방향으로 이른 아침 풍경이 새롭게 펼쳐진다. 옛날 용두시장 뒤로 난 큰길 건너, 계단을 내려가 한자리에 모여서 체조를 하고 걷는다. 이 코스는 황금동 끝 약물내기 마을 시작점까지 가서 갔던 길을 되돌아오는 코스다.

이 길은 감천 냇가를 붙어서 걷는 길이다. 반대 방향 코스는 넓은 풀밭에 들꽃들이 우리와 서로 손을 흔들며 걷는 길이어서 좋았다면, 이 코스는 출발 지점에서 감천교와 덜컹거리는 철교가 멀리 보인다. 황산 폭포를 휘감아 도는 안개는 장관을 이룬다. 멀리 앞을 보고 걷다가 보면 동쪽 하늘의 해 오름이 붉게 퍼진다. 행복동행과 함께 걷는 길에 새 두 마리가 강변을 서성인다. 그 모습을 더 집중하여 보려고 발길을 멈추고 사진을 찍는다. 나는 두 마리의 새가 날아갈까 봐 조용히 혼자 발맞추어 걸었다.

그 길은 환경이 오염되지 않는 데서만 있다는 물잠자리도 보인다. 검은물잠자리는 사람에 비하면 검정 턱시도를 입은 신사같이 보인다. 자연의 친구들도 많다. 나는 동행들의 뒤로 물러나 걷는다. 이렇게 자연과 눈 맞춤하는 것이 참 좋다. 내가 제일 좋아하는 패랭이꽃 앞에서는 어릴 때 고향 강변에서 보았던 여러 풍경이 떠오른다. 그때도 패랭이는 햇볕이 내리쬐는 강변에서 씩씩하게 자랐다. 어린 내가 보기에는 여기서 어떻게 살 수 있나 좀 가련해 보인다. 나는 패랭이 주변의 돌을 걷어낸 다음, 긴 뿌리를 내려가 본다. 그러면 그 밑에 흙은 아주 약간의 수분을 먹고 자라는 것을 볼 수 있다. 패랭이 줄기는 뼈만 남아 있다. 나는 작은 꽃이 예쁘기도 하지만, 여름날 뙤약볕을 받으며 피는 모습이 어린 내가 보기에도 대견하면서도 안쓰러웠다. 지금도 그렇다.

시를 쓸 줄 모르는 나의 마음속에서도 시상이 떠 오를 때도 있다. 매주 아침 일찍 맑은 공기 마시며 동행들과 걷는 아침, 그런 시상을 떠올릴 때가 있다. 행복동행의 이 길은 추우면 추운 대로 좋고, 더운 여름은 더운 대로 또 좋다.

2024년 9월 21일, 전날 밤부터 비가 왔다. 전날 오후에도 큰비가 억수같이 내렸다. 전(前) 시장님은 비가 와도 걷기를 하신다며 장화를 신고 나가셨다고 카톡에 올라왔다. 오늘 행복동행 걷기를 한 사람은 16명 정도가 되고, 6명은 식사 당번을 하느라 새벽에 나와 수고 하신다. 나처럼 다리가 아파 걷지 못하여도 반가운 얼굴이라도 보겠다고 나오는 사람도 있다. 나는 오늘 차가 없어서 성명은 선생님에게 전화를 걸어 나 좀 태워 나가자고 했다. 그래서 같이 타고 왔다. 보통 때는 30명에서 40명 정도는 꾸준히 나온다.

조금 있으니 남자 두 분이 들어 왔다. 먼저 들어오신 연세가 많으신 사장님은 "나는 오늘 샤브링하고 왔다"라고 하신다. 나는 '샤브링'이라는 말을 처음 들었다. "사브링이 무슨 말입니까?" 내가 물었다. "걸어가다 비가 많이 와서 운동화도 다 젖어서 제대로 해내지 못하고 돌아왔다는 말이다"라고 하셨다. 여기 있는 사람들 모두 알아듣는 것 같다. 나만 모른다. 궁금하면 못 참는 나는 네이버에 검색하여 알아본다. 검색하여도 '샤브링'은 없었다. 김천 사람들만 아는 방언인가 보다. 나중에 어떤 어른에게서 이 말의 본뜻을 알게 되었다. '샤브링'은 일본말 '사보리(サボり)'에서 온 말로, 학교 수업이나 해야 할 과업을 빼 먹고 땡땡이치는 것을 뜻하는 말이라고 한다. 아, 이런 일본말이 아직도 기성세대에게는 쓰이고 있고, 나 같은 세대는 일본말인 줄도 모르고 있다니 문제는 문제다.

나는 감천 냇가에 많은 물이 내려가는 구경도 하려고 나온 적이 있다. 2층 창문을 열고 감천 냇가를 내려다보는데 누른 모래사장만 보였다. 이상하게 생각되어 자세히 내려다보아도 흐르는 물은 보이지 않고 물에 밀려온 모래층만 누렇게 보였다. 창문에서 돌아선 나는 지금 본 광경을 내 뒤의 두 분에게 물었다. "어머나! 냇가에 어째서 물이 없나요? 이상하네요." 사장님은 귀에 보청기를 꽂고 다니는 분이라서 내 말을 잘 알아듣지 못한다. 내 말을 들은 다른 한 분 소장님도 물이 없다고 하시며 "그래서 산에 나무를 많이 심어야 한다"라는 이야기만 한다.

나는 답답했다. "어제는 비가 억수같이 내렸고 오늘 아침도 밤새 내렸는데 어째 감천에 물이 없단 말인가요" 하고 다시 물었다. 사장님은 부항댐에서 물을 내려보내지 않으면 물이 없다고 하신다. 나는 이 상황이 이해가 가지 않아서 "평소에 걸을 때도 물이 마른 적이 없었는데, 저는 이 상황이 너무 충격입니다"라고 했다. 누구 한 사람도 나처럼 심각하게 이야기를 하는 사람이 없다.

최종 도달점인 약물내기 마을 입구까지 걷기를 완주했다. 그리고 처음 모인 2층 건물로 들어왔는데, 누군가 감천 내에 물이 내려간다고 말한다. 그 말을 듣는 순간 나는 창가로 갔다. 다시 보니 누른 물이 감천을 덮고 흘렀다. 물이 내려간다는 말을 듣고 보니 정말 물이 보였다. 아까는 분명 물이 내려가지 않았는데 말이다. 앞에 앉아 같이 밥을 먹던 꽁지 사장님이 나를 보고 "안과에 가 봐"라고 한다. 옆에 앉은 선생님은 나를 위로한답시고 "흙물이 내려가니 누른 모래로 보였나 봐요"라고 했다. 그럴 수도 있겠다는 생각이 들었다. 그러나 아무리 생각해도 오늘 일은 내게는 충격이다. 집에 와서 밴드에 올라온 감천물 사진도 내가 보았을 때와 같이 누른 모래로 보였다.

새벽에 페이스북에서 친구가 맨발로 밤에 운동하러 갔다가 똥 밟은 이야기가 올라와 시원하게 웃고 나왔다. 그래서 그런지 기분이 좋았다. 행복동행 아침 밥상에 이오분 사모님이 누런 호박을 채로 썰어 부친 전이 나왔다. 유난히도 더웠던 올해 여름이다. 추석이 다가오면서 나는 옛날에 추석 음식을 만들 때 친정엄마 생각이 난다. 엄마는 제일 먼저 누른 호박을 다 닳은 감자 숟가락으로 긁어서 전을 부쳐 주셨다. 우리 집은 큰집이어서 명절에는 작은집 식구들이 다 우리 집으로 모인다. 그래서 전도 많이 부친다. 사촌 큰 언니는 큰엄마 음식은 다 맛있다는 말을 입에 달고 다녔다.

그 시절엔 지금과 달리 잘 익은 늙은 호박 두 통 정도를 다 쓸 정도로 많은 호박전을 부쳤다. 명절에 전을 부칠 때는 마을의 집집이 모두 기름 냄새를 풍겼다. 우리 집에도 부엌에 무쇠 솥 뚜껑을 뒤집어 지금의 프라이팬 대용으로 하여 전을 부쳤다. 호박전이 식어서 꾸덕꾸덕해지면 젓가락으로 먹는 사람도 있었지만, 늙은 호박으로 만든 호박전을 손으로 집어 주면 덥석 손바닥에 받아서 뜯어도 먹었다. 그렇게 호박전 먹는 모습이 아득하게 떠오른다.

전은 푸짐하게 인심을 내는 명절에 주로 먹었던 음식이다. 냉장고도 없던 시절 어떻게 그 많은 추석 음식을 갈무리하였을까? 지금 내가 운영하는 음식점의 주방 형님하고 이야기하며 늙은 호박전 이야기를 하였다. 오늘 늙은 호박전을 보고 그 때 이야기를 행복동행에서 하였다. 행복동행 걷기 모임에는 정 있는 사람들이 모인다. 어찌 보면 멀리 있는 사촌이나 형제보다도 낫다는 생각 든다. 매주 같이 걷고 밥을 먹으며 정이 오고 간다. 돌아오는 토요일이 또 기다려진다.

학교 밖의 선생님

책을 들면 한두 장을 읽기도 전에 잠이 먼저 찾아온다.

2022년 10월 어느 날 김미숙 소장님에게서 전화가 왔다. "이경자 사장, 10월 14일 오후 2시에 대덕에 있는 나눔의 샘터에 상록수나눔재단 사무국이 있는데, 거기서 '나눔 시민 아카데미'를 시작하는데 함께 가자." "예, 좋지요." "이상춘 회장님 알지? 거기가 그분 대덕 본가가 있었던 곳인데, 봇또랑 사장이 가 보면 제일 좋아할 거야. 강사는 김천이 고향이신 박인기 교수님이다."

나는 약속한 대로 그날 오후 1시에 아카데미에 등록한 분들과 차를 타고 대덕으로 향했다. 나는 식당에서 매일 일만 하다 오랜만에 외출을 한다. 가을이다. 산과 들은 곱게 물들어 가고 있다. 차를 타고 가는 창밖 풍경은 가을 색으로 조용히 저물고 있다. 풍경과 더불어 나는 설렘을 가득 안고 간다. 차 안의 지인들은 대덕으로 가는 내내 소풍 가는 아이들처럼 마냥 들뜬 동심으로 돌아간다. 내 나이보다 16살 더 많은 분도 계시고, 적게는 7살 위인 분도 계셨다. 우리 일행이 나누는 고향 이야기는 끝이 없다. 시간이 금방 지나갔다.

우리가 타고 간 차는 상록수나눔재단사무국 건물 앞에 도착하였다. 이곳은 상록수나눔재단의 사무국이기도 했지만, 나눔의 정신을 드높여 실천하자는 뜻을 기려 '나눔의 샘터'라는 이름으로 불리기도 한다. 넓은 터에 조경이 잘되어 있고, 건물은 우측 공간에 자리 잡고 있었다. 집 모양이 어찌나 정갈하고 단아한지 잘 꾸며진 넓은 전원주택을 보는 듯했다. 우리가 도착할 때를 맞추어 주광석 사무국장님께서 대문 앞까지 나오셨다. 넓은 마당이 들여다보이는 대문을 열고 들어서면 오른쪽에 우뚝 서 있는 '나눔의 샘터' 개소를 기념하는 기념비가 있다. 기념비에는 '나눔의 정신'을 주제로 담아낸 시 한 편이 새겨져 있었다.

낮은 곳으로 가게 하소서

낮은 곳으로 가게 하소서
낮은 이웃을 향해 가게 하소서

우리로 하여금 가장 나중 지니게 하는
마음의 보석, 그것은,
눈물이라 믿사오니
그 눈물을 품고
낮은 곳으로 가게 하소서.

긍휼을 사랑하는 사람들이여.

여기에 '나눔의 샘터'를 엽니다.
덕으로 높이 솟은 대덕산 자락

여기 바로 이 자리, 일찍이
사랑으로 존재하시는 하나님을 전하며
지난 85년간 주님의 몸 되는 교회가 섰던 자리
믿음의 향기가 은혜로 퍼져갔던 자리

이웃 사랑하기를 네 몸과 같이 하라.
갈릴리 산상에서 보배로 전파하는 말씀
늘 이 자리에 감화로 머물게 하시어

낮은 곳으로 흐르는 '샘터'가 되게 하소서
우리가 지닌 것 기쁘게 나누어
사랑의 강물 흐르게 하소서
그리하여 마침내 궁극에는
주님 계신 저 높은 곳을 향하는
은혜의 자리가 되게 하소서
낮은 곳으로 가게 하시고
나눔을 행함으로써
우리의 영성을 아름답게 하소서

믿음의 성지에서
솟아나는 나눔의 선물을
오래도록 거룩하게 기억하여

나누게 하소서
나누게 하소서

이 샘터로 모이는 사람들
서로가 서로에게 사랑이 되게 하소서

–2022.07.15 박인기 쓰다

서울에서 내려오신 박인기 교수님을 사무국장님이 소개하시고, 이어서 시민 아카데미 수업은 시작되었다. 교수님은 수업 자료를 준비해 오셔서 돌아가며 읽어보라고 하셨다. 그중에 하나를 소개해 본다.

2018년 여름 우크라이나 흑해 연안 항구도시 오데사에서 문화교류 세미나가 있었는데 교수님도 발표자로 참석하셨다고 한다. 그곳에 간 김에 우크라이나의 오데사에사 자포리자까지 16시간의 긴 기차여행을 하였다고 한다. 밀을 베어낸 자리, 무한 대평원 광대무변으로 펼쳐진 해바라기의 행렬 속에서 문득 영화 '해바라기'를 기억해 내었다고 하셨다. 지금 전쟁의 고통 속에서 신음하는 우크라이나를 생각하면 영화 '해바라기'는 교수님의 마음에 비를 내리게 하는 작품이라고 하셨다. 교수님이 해 준 영화 '해바라기'의 이야기는 다음과 같았다.

신혼부부인 남편 안토니와 아내 조반나는 밀라노에서 평화롭게 살다가 결혼 얼마 후 제2차 세계대전이 터진다. 남편 안토니오는 러시아 전선으로 간다. 젊은 아내는 불안한 기다림에 세월을 보낸다. 그러던 중 어느 날 남편의 전사 통지를 받는다. 종전이 되고 전쟁에 나간 군인들이 고향으로 오지만 남편 안토니오는 돌아오지 않는다.

조반나는 우여곡절 끝에 안토니오와 같은 부대에 있었던 군인에게서 남편이 죽기 직전에 눈 속으로 도망을 쳤다는 말을 듣는다. 그녀는 남편의 생존을 본능적으로 믿는다. 그리고 멀고 먼 러시아로 그를 찾아간다.

그녀가 남편을 찾게 되지만 남편은 러시아 여인과 결혼하여 아이까지 있다. 게다가 남편은 기억 상실증으로 그녀를 알아보지 못한다. 망연자실하며 슬픔에 잠겨 남편을 떠나 돌아오는 조반나의 작별 장면을 연기한 명배우 소피아 로렌의 표정을 지금도 교수님께서는 잊을 수가 없다고 하셨다. 우크라이나를 지나 이탈리아로 돌아오는 길에도 해바라기 평원은 무한대로 펼쳐져 있다. 이탈리아로 돌아온 조반나는 남편을 잊기로 마음먹고 에토와 결혼하여 이들 사이에 아들이 태어났다.

세월이 흐르고, 기억 상실증에서 회복된 안토니오가 고향으로 조반나를 찾아온다. 조반나는 충격과 번민으로 고통받는다. 두 사람은 한참 말이 없다. 조반나는 안토니오를 돌려보낸다. 말없이 운명에 순응하듯 작별하는 두 사람의 눈빛을 카메라는 오래 각인시켰다고 하셨다. 교수님께 이 이야기를 듣는 동안 전쟁의 비극과 더불어 인간의 운명이 알 수 없는 모순으로 가득차 있다는 생각이 들었다.

2024년 한 해 김천 시립도서관에서 '기억의 부활, 존재의 증명'이란 글쓰기 프로그램이 있었다. 그 프로그램은 박인기 교수님의 지도로 이루어진다고 한다. 나는 눈이 번쩍 뛰었다. 교수님 강의가 있다면 꼭 듣겠다고 하던 터이다. 수강을 신청하였다.

그날 교수님은 전화를 주셨다. 지금까지 살아온 체험의 기억을 되살려 글로 쓰는 수업인데 이 사장이 참여하면 끝까지 잘할 수 있을 거라고 말씀하셨다. 그리고 내게 열심히 글을 쓰다 보면 한 권의 자서전이 된다고도 하셨다. 교수님과의 수업이 나는 재미가 있었다. 원래 나는 이야기를 듣는 것도 좋아하는데, 이 강의실의 편한 분위기도 좋았다. 교수님 질문에 대답도 쉽게 나왔다. 궁금해하는 우리의 질문에 교수님은 상세한 설명을 해 주며 이야기하듯 대답을 주셨다. 나는 궁금하면 참지 못하는 편이다. 전화도 걸고, 네이버에 부지런히 검색해 보기도 한다. 답이 내 생각과 같은지를 확인할 때가 많다.

이런 일도 있었다. 나는 은행잎이 떨어지는 가로를 차와 함께 달려가며 그 풍경을 보고 짧게 쓴 글이 있었다. 나는 교수님께 SNS로 이렇게 질문했다. "교수님 저는 정식 교육을 받은 것은 초등학교 졸업이 전부입니다. 제가 오늘 은행잎 떨어지는 길을 차로 달려가며 그 풍경과 제 느낌을 글로 써 보았습니다. 읽어보시고 지도 말씀해 주세요." 교수님은 내 글을 읽어보시고 내가 알아듣기 쉽게 지도 말씀을 해주셨다. 이때부터 나는 교수님과의 끈을 놓지 않고 붙잡고 있다. 배우고자 하는 열정을 보여 드리면 가르쳐 주시리란 믿음이 들었다.

교수님은 내가 보여 드리는 내 부족한 글에 대해서 친절하게 지도하고 이끌어 주셨다. 나는 마치 교수님께 과외를 받는 느낌이 들었다. 이번 2024 글쓰기 프로그램에서도 강의에 참여한 나에게 칭찬을 아끼지 않으셨다. 나에게 용기를 주시려고 그렇게 하셨을 것이다. 나는 그것을 안다. 칭찬은 고래도 춤을 추게 한다는 말처럼 나도 춤을 춘다. 지금까지 잊지 못할 교수님의 말씀이 있다. 그것은 '나눔이 없는 성공은 성공이 아니다'라는 말씀이다. 교수님의 나눔으로 내가 여기까지 왔다. 감사함을 담아 이 글을 쓴다.

발문

글쓰기의 힘과 긍정의 생(生)

박인기 경인교육대학교 명예교수·수필가*

이 산문집의 작가 이경자 씨는 김천시 남산공원 돌계단 앞터에서 아드님과 함께 '봇또랑 추어탕' 식당을 십수 년째 경영하고 있는 분이다. 그녀의 식당은 김천 사람들에게는 그 맛으로, 또 그 인심으로 잘 알려진 집이다. 아니, 그보다도 그녀의 친절하고 다정한 인간성으로 더 많이 알려진 식당이다. 사람들은 그녀를 '이경자 사장'이라고 부르기도 하지만, 그녀가 이 호칭에 특별히 집착하는 것 같지는 않다.

이경자 사장의 자서전 산문집을 읽어보면, 그녀에게 하늘

* 1951년 경북 김천에서 태어나 김천고를 거쳐 서울대 사범대학을 졸업했다. 같은 대학교 대학원에서 국어교육 전공으로 교육학박사를 받았다. EBS 프로듀서, 한국교육개발원 연구원, 경인교대 교수를 지냈고, 한국독서학회 회장 등을 역임했다. 주요 저서로 《문학교육론》《문학교육과정의 구조와 이론》《국어과 창의·인성 교육》《한국인의 말, 한국인의 문화》《다문화 현상의 인문학적 탐구》 등이 있다. 《언어적 인간 인간적 언어》《송정의 환(幻)》《짐작(넉넉한 헤아림을 품는 언어)》 등의 산문집도 펴냈다.

이 배당한 운명이랄까, 생의 숨어 있는 고난이랄까, 그녀 인생의 불우(不遇)함이 확대되어 눈에 들어온다. 남들에 비해 보면, 가정환경이나 교육환경이나 결핍이 많은 성장 환경이었다. 그녀는 좋은 여건을 만나지 못했다. 만나지 못함을 뜻하는 한자어 '불우(不遇)'는 온전히 그녀의 것이었다. 경주 변두리 가난한 농가의 막내로 태어나 제도 교육의 혜택을 제대로 받지 못했다고 고백하고 있다. 그녀는 이른바 흙수저의 행로를 걸어 온 셈이다. 그런데 그녀는 흙수저를 원망하는 타령 따위는 아예 입에 올리지도 않는다.

내 인생은 내 어깨에 내가 걸머진다는 표정이 그 얼굴에 나타나 있다. 이 산문집의 제목을 그녀는 '내 인생 내 어깨에 짊어지고'로 짓겠다고 했다. 그런 도전적 의지 없이는 무수히 나를 따돌리려는 운명의 손아귀를 어찌 벗어날 수 있었겠는가. 예순 중반을 넘어서며 여기까지 살아오는 동안, 어렵고 고단한 현실이 늘 따라붙어서 그녀를 떠난 적이 없었다. 그 고단함을 그녀는 친구처럼 옆에 두고 다독거렸다.

이경자 사장의 생애 서사를 읽어보면, 인생 출발선에서부터 그녀는 온갖 어려움과 결핍과 친숙해야 했다. 그녀의 인생 서사를 읽을수록 '그녀의 숨은 어려움이 생애 곳곳에 이토

록 첩첩으로 있었구나' 하고 생각이 든다. 그런데 이런 곤경을 당면하는 이 사장은 어떤가. 그녀는 이런 어려움과 결핍을 친하게 껴안는데, 그 자세가 의연하다. 그녀는 찡그리지 않는다. 주저앉지도 않는다.

이 책 어떤 부분에도 '힘 빠진 이경자'를 볼 수 없다. 이 책 어떤 부분에도 '남 탓을 하며 한탄하는 이경자'를 볼 수 없다. 고난 자체가 그녀에게는 일어나지 않았는가. 그렇지 않다. 힘 빠진 이경자는 글에서는 안 쓰기로 했는가. 그렇지 않다. 세상을 한탄하는 이경자는 글 내용에서 빼기로 했는가. 그렇지 않다. 필자가 이 글쓰기의 시종을 다 지켜보았지만 그런 일은 없었다.

그녀의 고통스러운 현실에서 일관되게 발견되는 것은 놀라울 정도의 부지런함과 물러서지 않는 도전이다. 그녀는 실제로 힘 빠져서 주저앉거나, 남 탓하며 고개를 처박는 모습이 없다. 그런 '허약한 자아'는 없다. 설사 그런 곤경이 있다 하여도 금방 박차고 일어선다. 여기에는 그녀 특유의 부지런함이 있다. 이렇듯 바쁜데 우울할 시간이 어디 있나 하는 것 같다. 현실 생활에서 실제로 그녀는 엄청나게 부지런하다. 잠시를 퍼져서 쉬지 않는다. 이것이 그녀를 고단한 현실 속에서도 그 어떤 낙관과 긍정의 사다리로 그녀를 끌어 올린다는 생각이 든다.

자기 앞에 놓인 생(生)은 사람마다 다르다. 겪어내는 생 체험의 내용 자체가 다르기도 하지만, 그 생을 대하는 태도도 각양각색이다. 사람들이 각자 자기 앞에 놓인 생을 어떤 방식으로 대면하고 응시하고 헤쳐나가는가 하는 점이 바로 생을 대하는 태도이다. 이 태도를 조금 더 거창하게 말하면 각자의 인생철학이 되는 것이다.

곤경에 처하였을 때, 하늘이 내리는 운명의 섭리에 먼저 순응하는 사람도 있고, 그보다는 오히려 자신의 동기와 의지를 먼저 다그치려는 사람도 있다. 전자를 운명론자 또는 회의주의 생 철학의 소유자라고 한다면, 후자는 의지론자 또는 긍정주의 생 철학의 소유자라 할 수 있다. 이는 물론 좋고 나쁨의 문제는 아니다. 각기 좋을 수도 있고 나쁠 수도 있다. 이 산문집을 출간한 이경자 씨는, 굳이 선택적으로 말하라 한다면, 후자에 가깝다. 증거가 있는가. 있다. 이 산문집에 실어놓은 21편의 자기 서사(이를 '자서전'이라고 부르기도 한다)가 넘치는 증거가 된다.

사람들 가운데는 자신의 인생철학을 이상적 이데아로 하늘에 내걸고, 그 고상한 가치를 한결같이 품고 살아가는 사람도 있고, 인생철학이라고 달리 내세우지는 않지만 살아가는 자세나 방향에 어떤 가치를 일관성 있게 지키려는 사람도 있다. 전자를 이상주의자의 마음으로 살아가는 사람이라 한다면, 후자는 현실주의자의 정신으로 살아가는 사람이라 할 수 있다. 이 또한 좋고 나쁨의 문제는 아니다. 각기 장점도 있을 수 있고 결점도 있을 수 있다. 이 산문집의 글에 나타난 이경자 씨는, 굳이 선택적으로 말하라 한다면, 후자에 가깝다.

철학에서는 어떤 가치 있는 것을 지키고 행하는 것, 그런 자세나 마음가짐을 현실에서 행함으로써 드러내는 것을 '실천(practice)'이라고 한다. 즉 이 실천으로 '자기의 자기 됨'을 지키려 하는 것이다. 이를 정리해서 말하면, 자기 존재의 정체성을 의미 있게 추구하고 일관성 있게 지키려는 것이 곧 '철학하는 인간'의 모습이라 할 수 있다. 그러고 보면 '철학'이라는 말이나 '실천'이라는 말은 그 본질에서의 의미가 같은 것이라 할 수 있다. 이경자 사장은 실천의 차원에서 '생의 철학'을 추구하고 있는 사람이라 할 수 있다. 그녀가 살아온 삶의 이야기는 철저히 현실에서 시작해서 현실 이야기로 끝나는 것을 볼 수 있기 때문이다. 그 시작의 현실 결과의 현실 사이에는 자신의 옹골진 실천이 있음을 볼 수 있다.

실천은 부지런함을 토대로 한다. 부지런함은 내면의 어떤 열정 없이는 나타날 수 없다. 이 산문집에 실린 그녀의 자전적 서사들도 한결같이 부지런한 모습을 유감없이 보여 준다. 그녀의 부지런함을 일상의 생계 활동으로만 보는 것은 아직 그녀를 다 파악하지 못한 것이다. 그녀의 부지런함은 어떤 배움의 지향과 관련되어 있다. 그 배움은 학교 교실로만 국한되지 않는다. 일상의 생활 모든 마당이 그 내면에 배움을 향하는 어떤 열정에 연동되어 있음을 알아차릴 수 있다.

특히 이경자 사장은 자신의 경험을 기록하고 기억하는 데에 남다른 부지런함을 발휘하였다. 생활의 모든 장면과 필요들을 소상히 기록하고 메모해 두는 데에는 '내가 모르는 것은 무조건 알고 배워야 한다.'라는 그녀의 무의식 기제가 작동하는 것 같다. 특별히 정신적 자양을 기르는 여러 배움 활동에 임해서는 열심히 참여하고, 참여의 과정과 내용을 어떤 방식으로 기록해 두려 했다. 그녀는 세련된 문장을 탐하지 않고, 배움 경험의 기록을 부지런히 메모하고 정리해 두었다. 그녀의 글쓰기가 문장 수업 차원에서 개발되고 뿌리를 내린 것이 아니라, 철저한 기록의 정신에서 발아되고 길러진 것임을 볼 수 있다.

아시다시피 산문정신의 가장 본질 바탕이 기록의 정신에

있다. 글쓰기 훈련이 많이 이루어지고 있지만, 대개는 문장과 표현의 기술을 익히는 말초적인 데에 치중되는 것을 되돌아보게 한다. 글쓰기는 삶과 생각을 되짚어 보고, 우리 삶을 어떻게 실천하고 살 것인가를 되물어 보고 다짐하는 작업이어야 한다. 문장과 표현의 기술 역시도 그 자체가 중요하다기보다는 삶을 성찰하는 생각과 관조, 그리고 실천을 다짐하고 전하고 공유하는 일을 돕기 위한 것이 되어야 한다.

지금 내 앞에 놓인 생은 이제까지 내가 살아왔던, 내가 걸어온 길 뒤에 놓인 생과 불가분의 관계를 맺는다. 그가 걸어온 길을 보면 그가 걸어갈 길도 보인다. 그래서 글을 쓴다는 것은, 걸어온 길을 다시 살펴서 글로 쓴다는 것은, 중요한 의미가 있다. 나도 모르는 사이에 앞으로 내가 걸어가야 할 길에 가치를 부여하고, 그 길에 대한 다짐과 결의를 새기는 과정이 된다. 중요한 것은 나도 모르는 사이에 그런 인격화 작용이 일어난다는 것이다. 이 책은 그런 증거를 잘 보여 주고 있다.

이 책은 지금까지 녹록하지 않았던 이경자 사장의 삶을, 그가 그 녹록하지 않음에 눌리지 않고 걸어왔음을 말해 주는 책이다. 이 책은 그가 불우의 환경 가운데서도 긍정의 길을 스스로 열어가는 과정에서 만난 소중한 인연들을 기록한 책이기도 하다. 살아온 인생을 되돌아보면 나의 이야기가 모두 아름다운 이야기가 아닐 수 있음도 보인다. 그러나 글을 쓰면서 생각해 보면 그것도 감사하다. 좀 더 자신감 넘치게 살았더라면 하는 생각도 든다. 기억을 더듬다 보니 더 용기 있게 더 잘했으면 하는 생각이 드는 것도 많다.

이 책을 통해서 이경자 사장은 자신이 운영해 온 '봇또랑 추어탕' 전문점과 관련한 수많은 이야기 등을 소복이 담았다. 이는 참으로 소중한 무형의 자산이다. 이 소중함이 이경자 사장의 미래에 정신적 풍요함을 베풀어 주리라 믿는다.

내 인생 내 어깨에 짊어지고

초판 1쇄 발행 2024년 12월 12일

지은이 이경자
펴낸이 이낙진
편집·디자인 심서령 이지은

펴낸곳 도서출판 소락원
주소 경기도 양평군 강상면 강남로 714-24
전화 010-2142-8776
이메일 sorakwon365@naver.com
홈페이지 www.sorakwon365.com

ISBN 979-11-975284-8-4 03810